만남은 지겹고 이별은 지쳤다

사랑은 하고 싶지만 새로운 시작이 두렵다면

작가의 말

사람이 누군가를 만나 사랑을 시작하게 되는 순간, 사실 이별은 이미 정해진 것이라고 볼 수 있다. 누구나 만나면 헤어지기 마련이다. 간혹 결혼이라는 형태로 인연을 더 오래 이어가기도 하지만, 그 단 한 번의 확신을 주는 상대를 만나기 위해 우리는 수많은 사랑의 실패를 경험한다. 우리들은 누군가를 많이 만나는 만큼 이별 또한 많이 한다.

하지만 그 누구도 이별을 각오하고 사랑을 시작하지는 않는다. 새로운 사랑을 시작하고, 그 사람에게 깊게 빠져들면 그 사람과 한 평생을 함께 하고 싶어한다. 언제라도 이별을 겪을 수 있다고 생각하며 사랑하지는 않는다는 것이다. 때문에 예기치 못한 순간에 찾아오는 이별에 그렇게도 가슴아파하는 것이고.

처음 한 두 번은 괜찮을 수도 있다. 하지만 이별이 반복되고, 상처가 쌓이다보면 한 가지 생각이 마음속에 싹을 트기 시작한다.

"사랑은 언젠가는 끝나고, 가슴에 상처만 남긴다."

사랑이 그 자체로 상처는 아니지만, 늘 그 끝엔 이별이라는 강한 인상만을 남겼기 때문에 사랑했던 기억들은 흐려지고, 가슴 시큰하도록 아팠던 순간만이 기억을 지배하는 것이다. 원래 남을 철저히 의심하고 믿지 못하는 사람은, 의심이 많은 게 아니라 상처가 많은 경우가 많다. 믿기 싫어서, 의심이 많아서 그러는 것이 아니라 상처받을까 두려워 스스로를 방어하기 위해 타인과 나 사이에 울타리를 두는 것이다. 상처받은 사람들의 마음을 이해하지 못하는 사람들은 이런 조언을 하기도 한다.

"누구라도 만나봐라."
"사람은 사람으로 잊는 거다."

누가 그런 뻔한 사실을 모를까. 새로운 사람을 만나면 지나간 사람이 흐려지는 것은 맞다. 하지만 그 새로운 인연조차 내게 상처를 줄까, 생각이 들어 시작을 두려워하는 거다. 그러니 차라리 시작조차 하지 말자고 다짐하게 되고.

그들에게 필요한 건 또 언제 떠날지 모르는 새로운 사랑이 아니라, 앞으로 상처받지 않을 수 있는 방법이다. 우리들은 결국 새로운 사랑을 시작할 수밖에 없는 숙명을 타고났으니, 사랑의 상처가 두려워 피할 것이 아니라 굳게 사랑하는 방법을 배웠으면 좋겠다. 최고의 사랑은 없을지 모르지만, 최선의 사랑은 있을 테니까.

C H A P T E R

챕터 1

상처받은 기억에 무너져서는 안 된다

"그래도 우리는 사랑을 할 겁니다."

챕터 2
최고의 사랑은 없지만 최선의 사랑은 있다
"다만 방법을 몰랐을 뿐."

챕터 3

이제는 다시 사랑에 빠질 시간

"한 걸음 나아가는 게 어려웠을 뿐."

챕터 4
나답게 사랑하자
"당신이 옳다."

챕터 1

상처받은 기억에 무너져서는 안 된다

"그래도 우리는 사랑을 할 겁니다."

사랑을 원하기보다
상처받지 않기를 원해

○

"누군가를 만나고 싶기는 하지만
힘든 건 싫은 나, 너무 욕심인 걸까?"

정말 내 인연이라는 게 어딘가에 존재하기는 하는 걸까. 도대체 왜 나타나지 않는 걸까. 이 사람이 내 인연일 거라고 생각하고 만났지만 그 끝은 늘 같았다. 사랑이라는 건 행복하고 좋은 것이라고만 생각했는데 매번 이러는 걸 보면 사실 사랑은 아프기만 한 게 아닐까. 누구를 만나도 어차피 비슷한 결말이라면 차라리 시작조차 안 하는 게 나을지도 모르겠다. 필요한 건 사랑이 아니라 상처받지 않는 내가 되는 거니까.

나는 이제 이별의 아픔보다 혼자의 외로움이 더 익숙하다. 적어도 누군가를 그리워하며 홀로 가슴아파할 필요는 없으니 오히려 낫다.

우리가 어릴 적 꿈꾸던 그런 최고의 사랑은 드라마 속 이야기일 뿐일지도 모르겠다. 내가 바라던 사랑과 이토록 다른 것이 사랑이라면 차라리 그로부터 도망치고 싶다. 꿈꾸던 사랑이 아니라면 차라리 사랑을 하지 않겠다는 내가 바보 같아 보일지도 모르겠지만, 그래도 최고의 사랑을 꿈꾸는 건 나뿐만 아니라 모두가 똑같을 것이다. 하지만 적당히 타협하며 사랑을 하고 있는 것뿐이고. 욕심처럼 보일지 몰라도, 나는 타협하기보단 굳게 닫힌 내 마음의 문까지 열어줄 수 있는 사람, 그리고 그런 사랑이 필요하다.

"사랑을 찾아가는 것에 있어서는
실컷 욕심을 부려도 된다고 생각해요.
가장 가까운 내 옆자리에 두고 싶은 사람인데
좀 욕심부리면 어때요.
그 누가 적당하게 사랑하고 싶겠어요.
세상을 가져다주고 싶을 만큼
뜨거운 사랑을 하고 싶죠."

사람이 변하는 게 아니라
변할 사람이 있는 것뿐

○

"왜 우리는 영원하지 못할 거면서
영원을 약속하며 사랑하나."

사랑한다고 말하지 않으면 꼭 죽기라도 할 것처럼, 하루에도 몇 번씩이나 사랑을 말했던 사람이라고 했다. 매일 아침을 그녀의 안부를 묻는 것으로 시작했고, 떨어져 있는 순간은 한 순간도 빠짐없이 그녀를 그리워했다. 하지만 오랜 시간이 걸리지 않았다고 한다. 그런 사랑이 당연함이 되고, 무심함으로 변하기까지는. 그토록 뜨거웠던 사랑이 입에 희뿌연 입김만 날릴 만큼 차갑게 식어버리는 것을 보며, 그녀는 이별이 다가오는 걸 알았다고 했다. 그러한 하소연을 들으며 나 또한 참 속상했다. 왜 늘 사랑의 결말은 이리도 비슷한 건지.

나는 어떤 연애든 연애 초반처럼 늘 타오를 수는 없는 것이 당연하다고 생각한다. 완벽하게 남이었던 둘이 서로에게 호감을 갖고 시작했으니 당연히 하루하루가 새로울 것이다. 간절하게 내 것이 되기를 바랐던 그 사람이 나의 눈을 바라보며 미소 짓고 있는데 그 누가 이별이 다가오는 걸 상상할 수 있을까. 하지만 시간은 흐르고, 완벽하게 남이었던 너와 나는 어느새 '너무도 당연한 우리'가 돼 있다. 언제 내 삶에서 떠나갈지 모르던 너였는데, 언제까지나 함께 서로의 곁에 머무를 것 같은 우리가 됐으니 그 떨림과 설렘은 흔적도 없이 사라지게 될 수밖에 없다.

그러나 진정한 사랑으로 상대방을 바라보게 된다면 그런 떨림과 설렘 따위 없다고 해도 여전히 상대방을 바라보며 소중함을 느낄 수 있다. 내 곁에 있어주는 이 사람이 소중한 것과, 떨림과 설렘의 감정이 느껴지는 건 별개의 문제이기 때문이다. 가슴이 설레고, 함께 하는 것만으로 떨리는 건 일종의 호르몬 작용일 뿐이지만 그 사람이 소중한 것은 내가 이 사람을 얼마나 가치 있게 생각하냐는 것의 문제이다. 그렇기에 시간이 흘러도 변하지 않을 수 있다. 연애 초반, 그 사람을 바라볼 때의 심장이 터질 듯한 감정은 들지 않지만 여전히 기억하고 있는 것이다. 내가 얼마나 이 사람을 원했는지. 이 사람이 내 삶에 들어오길 바랐는지. 떠나지 않고 곁에 머물러주는 것만으로 얼마나 고마운 일인지.

하지만 우리들 대부분은 그 감정을 금방 잊어버리고 만다. 함께 해준다는 사실만으로 고마워했던 감정은 당연한 서로의 약속이 될 뿐이고, 더 나아가 연애 초반의 감정들이 희미해짐에 따라 그 사람의 소중함마저 잊어버리고 만다. 마음이 식은 거라고, 이 사람이 나에게 소중하지 않은 사람이니 그때 와 같은 감정들이 느껴지지 않는 거라고 착각하게 되는 거다. 후회는 거기서부터 시작된다. 그저 한 순간의 감정일 뿐인 설렘과, 상대방의 소중함을 구분하지 못해서.

이런 표를 본적이 있다. 무언가에 관한 소중함의 최대치가 100이라고 친다면, 가지기 전에는 80이고, 가진 후에는 20, 그것을 잃은 후에 100이 된다고. 잃은 뒤에야 그 소중함을 깨우칠 수 있다고.

누구라도 상대방의 소중함을 잊지 않고 살아갈 수 있으면 좋겠지만 애석하게도 그건 힘든 일이다. 그러기엔 연애 초반의 그 떨림이, 설렘이 너무 강렬하니까. 그래서 나는 오랜 시간 함께 하는 연인들을 존경한다. 연애 초반의 감정이 지남에 따라 사라졌다고 해도 서로의 소중함을 잊지 않으니까. 그저 마음을 따라가는 것이 아니라 어떠한 종류의 노력을 통해 인연을 더 끈끈하게 가꾸는 사람들이니까.

그러니까 너무 지금 당장의 이별에 아파하지 않았으면 좋겠다. 사람이 변하는 게 아니라, 그 사람이 변할 사람이었던 거다. 그리고 어딘가에 분명 있을 것이다. 시간이 흘러도 당신의 소중함을 잊지 않을 사람.

사랑이란 뭘까. 관계가 시작되기 전의 설레고 가슴이 두근두근한 그런 마음일까. 그러면 시간이 지남에 따라 설렘은 사라지고 가슴이 뛰지 않게 되면 그건 사랑이 아닌 걸까. 왜 시간이 지나도 그 사람을 보는 것만으로 여전히 가슴이 뛰고 설렐 수는 없는 걸까. 사랑이란 건 애초부터 유통기한이 [정해져 있고] 그 시기가 지나면 그저 버림받아야 할 그런 마음일 뿐인 걸까. 그건 분명 아닐 텐데.

〈님아 그 강을 건너지 마오〉라는 다큐멘터리 영화가 있다. 백발이 성하게 된 할머님과 할아버님의 일상과 그들이 사랑하는 모습을 담고, 그들이 이별하는 순간을 담은 영화다. 함께한 지 몇십 년이 된 부부 사이지만 여전히 서로를 바라보는 눈에는 사랑이 가득하고 행동 하나하나에는 자상함과 배려심이 배어 있다. 사랑이 그저 심장이 떨리고 설레는 것에서 오는 거라면 할머님과 할아버님의 모습은 무엇일까.

사랑은 이미 온데간데없지만 부부라는 이름으로 함께 하기 때문에 억지로 그렇게 행동하는 것일까. 하지만 그렇게 보기에는 화면 속에서의 두 분의 모습이 너무 행복해보였다. 그렇다. 사랑이란 가슴이 떨리고 마음이 설레는 그런 감정들에서 오는 것이 아니고 그것을 뛰어넘는 무언가로부터 오는 거기 때문에 그들도 여전히 그런 눈으로 서로를 바라볼 수 있었던 거다.

인터뷰에서 할아버님은 이런 말을 한다. 정확히 기억이 나지는 않지만 혼자여서 외롭던 내가 부인이 생기고 가족이 생겼으니 이 얼마나 행복하고, 더 바랄 것이 무엇이 있겠냐고. 다음 생에도 부부로 만날 것이라고.

사랑이란 상대방을 소중하게 여기는 마음이 아닐까, 조심스럽게 생각해봤다. 이 사람으로 인해서 얻은 내 마음의 평안, 행복 같은 것들. 그 사람이 주었기에 그것들이 그토록 가치가 있고 더욱이 나아가 나를 행복하게 만들어준다는 것. 그 때문에 상대방을 더욱 소중히 여길 수 있게 되는 것. 내가 좋아하는 영화 <노트북>의 대사 하나를 더 인용하고 싶다.

"최고의 사랑은 영혼을 일깨우고, 더 많이 소망하게 하고, 가슴엔 열정을, 마음엔 평화를 주지. 난 너에게서 그걸 얻었고 또한 너에게 그걸 주고 싶었어."

사랑이란 함께 성장하는 것이다. 그 과정에서 서로의 소중함을 깨닫고, 그 소중함을 그저 가슴속에 간직만 하는 게 아니라 소중하게 대해주는 것이다. 마음이 행동으로 표현될 때 서로의 믿음과 신뢰는 더 단단해질 수 있다. 그리고 그 신뢰는 사랑의 밑거름이 된다.

당신의 소중함을 모르고 당신을 떠난 사람은 그저 사랑이 뭔지 몰랐을 뿐이다. 설렘, 두근거림, 호감. 순간의 감정들에 목이 말라 눈앞에 있는 소중함을 알아보지 못한 것일 뿐이다. 그러니 스스로의 가치마저 의심할 필요는 없다. 나는 여전히 소중하고, 그것을 알아보지 못한 사람은 언젠가 후회할 것이니까. 사랑이란 무엇무엇이라고 우리가 정확히 정의할 수는 없겠지만 그 긴 시간을 함께 할수록 더 의미 있는 무언가로 가득 차는 것일 테니까.

이별에 다른 변명을
덧붙이지 말기를

○

"사랑이 끝나는 이유는
오직 사랑 때문이랍니다."

나이 차이 때문에, 경제적인 상황 때문에, 미래 때문에 헤어진다는 말. 믿지 않아요. 사랑이 모자랄 뿐이에요. 나이 차이가 많이 나서, 경제적으로 힘들어서, 미래를 생각해서 헤어지는 게 아니라, 그러한 이유들이 헤어지기 좋은 구실이 됐을 뿐일 거예요. 사랑은 순간 여흥거리처럼 함께 행복하다가, 힘든 순간이 오면 각자의 인생으로 흩어지는 게 아닌, 인생의 부분을 함께 공유하는 거예요. 힘든 상황이 오면 그러한 상황 때문에 이별을 맞이하는 게 아니라, 사랑이라는 결속으로 함께 이겨나가는 거예요. 그러니 우리 이별의 이유는 하나뿐이에요. 그저 우리 사랑이 여기까지인 거죠. 그러니 이별에 다른 변명의 꼬리표를 달지 말아요. 오히려 그게 더 비겁한 이별이 될 테니까.

의심한다는 건 사실
믿고 싶다는 것이다

"누군가를 믿는 게 너무 힘들어요.
마음의 문을 열고 다가오는 상대방을 의심부터 하는
저 자신이 싫어요."

믿음이란 정말 중요한 감정이다. 관계의 밑거름이 되는 감정.

믿음이 바탕이 된 관계에서 어떤 근거들은 필요가 없어진다. 이미 이 사람에 대한 신뢰가 있기 때문에 굳이 상대방의 말을 의심하고 그 의심을 풀려 애쓸 필요가 없게 되는 거다.

우리는 모두 믿음이 바탕이 된 관계를 형성하고 믿는 사람들을 주변에 두고 있다고 생각하지만 실상은 그렇지 않다. 나와 가장 밀접한 관계에 있는 사람들마저 의심하는 게 바로 우리다.

이를테면 연인 관계에서 서로 인증을 요구하는 일이 그렇다. 외출 후 집에 돌아왔을 때면 그에 대한 인증을 요구한다든가, 친구들과 어울릴 때 그 자리에 이성이 없음을 인증한다든가. 가장 친밀하고 밀접한 관계라고 볼 수 있는 연인 사이에서도 상대방을 전적으로 신뢰하는 일은 이토록 어렵다. 친구, 가족 관계에서도 이처럼 믿지 못해 의심하는 일들은 많이 볼 수 있다. 우리는 생각보다 많은 의심 속에서 살고 있다.

처음부터 그랬던 건 아닐 것이다. 누구라도 한 번쯤은 누군가를 믿었고 배신당해본 경험이 있다. 배신으로부터 온 아픔들은 다시 누군가를 믿는 것을 점점 어렵게 만든다. 하지만 역설적이게도 수많은 관계를 이어가며 그 속에서 의심을 계속해서 되풀이하는 건 더 어려운 일이다. 아팠던 기억 때문에 의심을 이어가고 있지만 우리는 결국 전적으로 믿을 수 있는 사람을 찾기 위해서 의심을 되풀이하는 것일지도 모르겠다.

그렇기에 나는 새로운 사람을 만났을 때, 그 사람이 의심을 반복한다고 해서 그를 원망하지는 않는다. 오히려 그 의심을 반복하는 것이 무안할 만큼의 확신을 준다. 믿음은 강요한다고 생기는 마음이 아니라고 믿기 때문이다. 마음속에서 우러나올 때 진정으로 믿을 수 있다고 생각한다. 그리고 의심 끝에 자리 잡힌 믿음은 절대로 사라지지 않을 것이다. 함께 만들어간 믿음이니까. 믿고 싶어도 믿을 수 없었던 사람에게는 그토록 간절했던 믿음이니까.

"너무 믿고 싶은데
의심부터 하고 보는
스스로가 너무 미울 수도 있어요.
그렇다고 자책할 필요는 없어요.
언젠가 그 의심마저
확신으로 바꿔줄
인연이 찾아오거든요."

말로 받은 상처에는
약도 없어요

○

"마음의 상처는 눈에 보이지 않기 때문에
우리들은 때로 너무 잔인해진다."

헤어지자. 참 잔인한 말이다. 짧은 시간을 함께 했든 오랜 시간을 함께 했든, 그 모든 시간과 추억을 아무것도 아닌 것으로 만드는 말이니까. 그래서 연인 사이에 함부로 하지 않는 말이기도 하다. 단 1초면 내뱉을 수 있는 그 말 때문에 소중한 관계가 송두리째 무너지고 마니까.

하지만 간혹 그 말을 일종의 수단으로 삼아 관계의 우위를 점하려고 하는 사람들이 있다. 자신 또한 상대방을 사랑하지만 상대방이 나를 더 사랑한다고 여겨질 때 특히 그런 모습은 두드러지게 보인다. 자신 또한 이별할 마음은 없지만 상대방의 행동을 자신의 입맛대로 맞추기 위해 헤어지자는 말을 수단으로 삼는 것이다.

처음 시작은 단순했을 것이다. 사소한 다툼이 있었을 것이고 화가 났을 것이다. 노골적인 미움을 담아서까지는 아니지만 홧김에 내뱉은 이별의 말이 나왔을 거고, 이내 상대방이 붙잡으며 사과했을 것이다. 무엇 때문에 다투었든 헤어지자는 말 한 마디에 전세는 역전되고 이내 상대방은 모든 기준을 나에게 맞췄을 것이다. 헤어지자는 말이 관계의 끝을 내는 말이 아니라, 상대방을 나의 기준에 맞출 수 있도록 강제하는 수단이 되는 것이다.

그때부턴 헤어지자는 말의 연속이다. 상대방이 마음에 들지 않아서, 화가 나서, 내가 원하는 대로 되지 않아서. 온갖 이유들로 이별을 내뱉는다. 그때마다 상대방은 이별의 말로 인해 나를 떠나는 것이 아니라 내가 원하는 대로 따라와주니까. 나를 더 사랑하기에 이별을 선택할 바에야 나에게 맞춰주니까. 그렇게 헤어지자는 말은 남용된다.

자신의 안위를 위해서 헤어지자는 말을 남용하는 사람들에게 묻고 싶은 게 있다. 혹시 매번 이별의 말을 듣는 사람은 어떤 기분일지. 당신을 그토록 사랑하는 그 사람은 당신이 세상의 전부일 텐데. 헤어지자 단 말 한 마디에 세상이 무너지는 것 같고, 당신이 떠날까 두렵고, 함께인 것이 좋은데 혼자 덩그러니 남아버릴까 외롭고, 매일 보고 싶은 사람이 볼 수 없는 것뿐만 아니라 아예 남이 돼버릴 것 같아서 그래서 이별을 선택할 바에야 희생을 강요당하며 그렇게 당신의 기준에 모든 삶의 신호들을 맞추는 것일 텐데.

여전히 사랑할 뿐 조금 더 스스로의 안위를 위해서 이별을 이야기하는 것이라면 부디 멈췄으면 좋겠다. 당신이 사랑하는 사람이 저토록 상처받고 있다. 그 말 한 마디는 가슴을 난도질하고 갈기갈기 찢어놓는다. 흉기를 들고 사랑하는 사람의 몸에 상처를 내고 싶은 사람은 없을 것이다. 눈에 보이지 않을 뿐 이별의 말은 그와 똑같다. 심지어 눈에 보이지 않는 상처라 더 오래 걸릴지도 모른다. 사랑하는 이에게는 좋은 것만 주고 싶지 않던가.

좋은 것들만 주고받기에도 아쉬운 순간들이다. 사랑의 시간을 허비하지 말자.

후회는 남은 사람의 몫

○

"후회는 정말 아무리 빨라도 늦다.

소중한 것을 잃은 뒤에야 느낄 수 있으니까."

결에 있을 때 잘해야 한다. 이별은 함께 걷던 거리에서 나는 멈춰서고 그 사람만 발걸음을 재촉해 앞서가는 일이다. 나는 여전히 여기에 있는데 그 사람은 벌써 저기 먼발치에 있다. 뒷모습만 덩그러니. 나는 아직 그 자리에 있기 때문에 그 사람의 뒷모습이 보일지 모르겠지만 저기 앞서 간 사람에게는 내 모습은 보이지 않을 것이다. 사랑할 때 최선을 다했던 사람은 미련 없이 앞서갈 수 있겠지만, 그 자리에 남아서 후회하는 것은 곁에 있을 때 최선을 다하지 못했던 사람의 몫이다. 좀 더 다정한 목소리로 이야기할 걸. 사랑한다는 말을 아끼지 말 걸. 웃는 표정으로 눈을 바라볼 걸. 해주지 못했던 것들을 곱씹어도 지나간 시간들은 돌아오지 않고 그저 지나간 시간들에 그랬다면 여전히 손을 잡고 같이 걷고 있을까 상상하는 일밖에 할 수 없다.

그 사람이 내 곁에 있는 순간은 매 순간이 기회다. 함께 할 미래를 그릴 수 있는 기회. 그 사람이 떠나고 후회하며 상상만 할 수 있는 모든 일들을 실현시킬 수 있는 기회. 매 순간 주어졌던 기회를 너무 쉽게, 그리고 허무하게 날려버렸음을 이별하고 나서야 알 수 있다. 함께 할 때엔 그 모든 것을 당연한 것으로만 생각했기에 기회라고 생각하지 못했을 것이다. 하지만 생각보다 이별은 너무 쉽고, 떠나간 사람이 돌아오는 건 어렵다.

아무 미련 없이 성큼성큼 걸어가는 사람이 원망스러울 수도 있겠지만 그것은 사랑할 때 최선을 다했던 사람의 특권이다. 자신이 할 수 있는 모든 걸 다 했으나 [그만큼의] 마음을 주고받지 못했다면 그 사람은 더 큰 사랑을 받을 자격이 있다. 사랑은 받는 것이 아니라 주는 것이다. 받으려고 애쓰는 것이 아니라 서로 주려고 [애쓰다 보면], 어느새 함께 주고받고 있게 된다. 주기만 하던 사람이 언제까지고 그것을 주기만 할 수는 없다. 주는 만큼 받을 수 있는 사람에게 가게 될 뿐.

왜 후회는 모든 것이 끝나야만 느낄 수 있을까. 끝나기 전에 후회할 수 있다면 모든 것이 바뀔 수 있었을 텐데. 기회가 떠나가기 전에 기회라는 것을 알 수 있었다면 진작 잡았을 텐데. 떠난 그 사람이 많이 주는 만큼 많은 걸 받을 자격이 있는 사람이라면, 내가 줄 수 있는 사람이 될 수 있었는데. 전하지 못한 마음이 아직도 이토록 많은데. 전하지 못한 마음을 가슴에 담아두고 살아간다는 건 누군가가 내 곁을 떠났어도 여전히 그리워할 수밖에 없다는 걸 의미하는 걸지도. 그리움이란 건 그렇게 전하지 못한 마음들에서 비롯되는 마음인가보다.

언제부턴가 나는 너의 집을 우리 집이라고 부르기 시작했다. 내 짐이 너의 집에 하나, 둘 쌓여가기 시작하고 나서부터. 함께 거울 앞에 나란히 서서 양치를 하고, 커플 파자마 따위의 것들을 구매한다. 잠들기 전 함께 피부 관리를 하겠다며 팩이나 화장품을 사기도 한다. 함께 양치하는 일부터 같은 잠옷을 입고 잠이 드는 것, 서로의 피부에 관심을 가져주는 일까지. 그 모든 것에는 사랑이 녹아 있었다.

지극히 개인적인 일들을 함께해나가기 시작할 때부터가 나는 서로 진정한 사랑에 빠진 것으로 생각한다. 한 지붕 아래에 함께 사는 일은 아니지만, 서로가 서로에게 개인의 영역을 허락하는 일. 우리는 그것을 사랑이라고 부른다. 당신은 나에게 당신을 허락하고, 나는 당신에게 나를 허락한다. 허락에는 많은 용기가 필요하다. 상처받을 것을 각오할 용기. 우리는 서로에게 용기를 내어 기꺼이 많은 것을 건네주었다.

그런 사랑이라 이별은 더 아프게 다가왔다. 사랑이 끝나가는 것을 실감할수록 가슴이 미어지는 것만 같았다. 웃음소리와 맞잡은 손에 딴 참, 온기로 가득 찼던 공간이 차갑디 차갑게 식어갈 운명을 맞이하고 있었으니까. 한 차례 봄이 오고, 가을이 지나 겨울이 오듯이. 외로움을 견딜 수 없던 사람이 온기를 알게 되면, 더욱이 다시는 그 전의 차가운 시절로 돌아갈 수 없게 된다.

함께 있다는 것만으로 얼마나 삶이 따사로워질 수 있는지 아니까. 나에게 넌 그런 사람이었다. 차갑게 식은 방에서 어느 날 눈을 떴는데 창문 사이로 비추던 햇살 같은 사람. 따스함이 무엇인지 알려준 사람. 내 손이 차갑게 식으면 당신의 두 손으로 꼭 잡아 '호호' 불며 데워주던 사람.

홀로 먹는 밥은 아무리 먹어도 허기가 가시지 않는다. 그렇기 때문에 누군가를 잊지 못했다면 식사를 거르는 일이 많아진다. 그래도 꾸역꾸역 입에 넣어본다. 혹시 당신도 내가 당신을 그리워하는 일에 하루 전부를 쓰며 슬퍼하고 있진 않을까 걱정할 것 같아서. 돌아갈 리 없고, 돌아갈 수 없는 시간들을 그리워하며 사랑의 끝을 조용히 회상한다.

왜 사랑을 이유로 상처를 주나요

○

"사실 좋은 것만 주고 싶은 사람인데
왜 자꾸만 모질게 대하게 되는 걸까?"

왜 우리들은 누구보다 나를 소중하게 생각해주는 이들에게 오히려 더 상처를 주기도 하게 될까. 이별을 함으로써 관계라는 것 자체 때문에 받는 상처를 말하는 것이 아닌, 연인 사이로서 서로가 서로에게 주는 그런 상처를 말하는 것이다.

모든 연인 관계는 특별하다. 완벽하게 남이었지만 연애를 하는 기간 동안에는 친구 아니 더 나아가 부모님보다도 더 가깝고 특별한 존재가 된다. 연인과는 부모님처럼 서로 기댈 수도 자신의 모든 모습을 보여줄 수도 있고 때로는 친구처럼 함께 즐거운 시간을 보내기도 하며 연인으로서 서로의 사랑을 마음껏 주고받을 수도 있다. 나의 그 어떤 것이든 돼줄 수 있는 사람이 바로 연인이기에 더 각별한 것이다. 하지만 그렇기 때문에 때로는 최악의 관계가 되기도 한다. 누구보다도 가까운 사람이었다가 누구보다도 미운, 미워하는, 상처를 주고 싶은 사람이 되기도 한다. 아무리 각별한 사이라지만 갈라서면 남남일 뿐인 사이, 서로가 서로를 미워하는 순간에는 그 누구보다도 미워하게 된다. 갈라서면 남 될 사이라며 상처를 주는 행동도 서슴없이 해버리게 된다.

사실 그저 갈라서면 남 될 사이라면 오히려 상처를 덜 주게 될 것이다. 하지만 가장 가까웠던, 나의 마음을 전부 표현할 수 있었던 사이인 동시에 갈라서면 남이 될 사이인 존재이기에 더 강한 표현들로 상처를 준다. 의도적으로 상대방의 상처를 꼬집기도 한다. 미움이 극대화돼 아파하기를 바라는 마음에. 하지만 나는 정작 그래놓고 제대로 이별하는 연인들을 본 적이 없다. 그 순간 했던 상처주기 위한 행동들은 순간의 감정에 휩쓸렸던 것일 뿐, 그 시기만 지나면 여전한 사랑하는 마음이 다시 찾아오기 때문이다. 그렇기에 늘 순간의 감정 때문에 내뱉은 말들은 후회가 될 뿐이다. 주워 담을 수 없는 말의 조각들은 사랑하는 사람의 가슴에 깊게 박혀 빼낼 수 없는 칼날이 되어 가슴을 욱신거리게 만들 것이다. 후회도 그때뿐 감정에 휩쓸려 상대방에게 상처를 주던 행동은 어느새 감정에 습관처럼 스며들고 같은 후회를 반복하게 된다.

가장 가깝고 아껴주어야 할 사이이기 때문에 상처를 주게 되는 이 역설이 나는 너무 아프다. 우리는 왜 아껴주고 싶은 사람에게 아껴주는 감정만 건네줄 수는 없는 걸까. 깊게 아껴주는 만큼 미워하게 되는 순간이 오면 그 깊이만큼 미워할 수 없다는 이 마음이 참 밉다. 마음에 길을 낼 수 있다면 아껴줄 수 있는 마음에만 길을 내고 싶은데. 그렇게 건네게 된 상처는 가슴 속에 두고두고 남아 내가 사랑하는 사람을 아프게 한다. 흐르는 피가 잘 멈추지도 않고 그 상처의 말들이 떠오를 때마다 그 상처의 순간이 생생하게 떠오르며 욱신거릴 것이다.

내 마음의 소리에 항상 귀 기울여야 한다. 소중함의 깊이만큼 그 깊이가 어느 순간 갑자기 상대를 상처주고 싶은 악의 가득함의 깊이가 될 수도 있다는 사실을 기억하자. 그 순간 잠시 다른 감정으로 전이된 마음을 휘둘러 두고두고 아플 상처를 사랑하는 사람에게 주지 말자. 잊지 말자. 이 사람은 나의 소중한 사람이라는 걸. 상처를 주고 싶을 정도로 미운 사람이 아니라는 걸. 아파하는 모습보다 웃는 모습만 보고 싶은 내 곁에 있는 사람이라는 걸.

자극적이지 않아서 자극적인 것들

○

"힘든 연애만 이어가면서도 매번
또 같은 일을 반복하는 당신."

이상할 정도로 스스로가 힘든 사랑만 자처하는 사람들이 있다. 자신에게 호감을 보이는 사람보다 벽을 쌓고 거리를 두는 사람에게 더 끌리는 그런 유형의 사람들. 사람을 물건으로 비유하는 건 적절하지 않겠지만 굳이 비유하자면 언제든 손닿는 거리에 있어 가질 수 있는 것보다 가질 수 없는 것들에 더 강한 욕구를 느끼는 사람들일 것이다. 속된 말로 착한 사람보다 나쁜 사람에게 더 끌린다고 한다.

그런 이들은 대부분 힘든 연애를 이어간다. 연애의 기본인 연락이나 서로에 대한 배려. 이런 것들이 많이 지켜지지 않기 때문이다. 하지만 그런 점들 때문에 오히려 상대방에게 호감을 느끼게 된다는 것이 어쩔 땐 참 웃기다. 자신을 좋아하고 마음을 헌신하는 사람이 그런 연애를 이어가는 것에 있어 기본적인 것들에 소홀할 일은 없다. 그렇기에 그런 사소한 것들에 대한 서운함이 따로 쌓이지 않게 되는데, 그것이 일종의 고마움으로 작용하는 것이 아니라 그저 당연한 것이기에 별 감흥을 느끼지 못하게 된다. 하지만 그런 부분에서 문제를 만드는 사람과 만남을 이어가면 거꾸로 애가 타면서 그 사람에 대한 간절함이 커지는 것이다. 굳이 설명을 해보자면 감정적으로 요동침이 없는 만남보다 시시각각 감정적 요동이 있게끔 해주는 사람에게 더 호감을 느낀다고 볼 수 있다. 그런 모든 과정들이 연애를 이어가는 것에 있어서의 일종의 재미로서 작용한다고 조심스럽게 추측해보고 싶다. 하지만 그것도 잠시뿐 결국에는 그런 과정들에 지쳐가고 마지막에는 그 사람의 그러한 점들 때문에 이별을 맞이하게 된다.

정말 그런 자기 자신을 애태우고 힘들게 만드는 부분이 좋은 것이었다면 마지막에 이별을 맞이하지는 않았을 것이다. 즉 그렇게 자신을 힘들게 만드는 사람이 아닌 안정감을 줄 수 있는 사람을 원한다는 것이다. 어느 누가 사랑받음을 느낄 수 없고 연애를 이어가기 위해 지켜져야 할 기본적인 것들도 지켜지지 않는 만남을 굳건하게 이어갈 수 있겠는가. 안정적인 관계보다 지지고 볶는다고 해도 상승과 하강을 반복하며 찾아오는 자극을 추구하는 이들 또한 다를 바 없다. 처음에는 그 관계에서 찾아오는 자극이 바로 자신이 연애를 하는 것에 있어서 추구하는 모습이라고 생각할 수 있겠지만 그것은 한 순간의 여흥거리일 뿐 결코 깊은 사랑의 요소로써 작용하기에는 어려운 것이다.

조금 밋밋하고 심심할 수도 있겠지만 생각해보자. 누군가가 내 곁에 굳건히 있다는 것을. 마음이 힘들 때, 외로울 때, 괴로울 때, 무너질 때 언제라도 나를 안아줄 사람이 옆에 있는 그 든든함을. 자극은 없을지 몰라도 나를 위해 그리고 사랑을 위해 매일매일 최선을 다하는 서로의 모습이야말로 어떻게 보면 더 치열한 자극이 아닐까. 수많은 유혹들을 뿌리치고 사랑하는 사람을 가장 우선시 하는 그 마음이야말로 그 어떤 자극보다 매력적인 요소일 것이다.

순간의 여흥은 한 순간의 큰 즐거움을 줄 수 있을지는 모르겠지만 지속되기는 어렵다. 하지만 순간의 여흥보다 서로를 생각하는 관계는 큰 즐거움은 없을지 몰라도 일상 속에서 매일같이 소소한 행복들을 가져다줄 것이다. 긴 시간 동안 서로 함께 하는 내내.

기대가 적을수록
관계는 좋아진다

○

"혹시 새로운 인연이 생겼을 때

너무 많은 것들을 기대하고 있지는 않나요?"

우리는 모두 외롭다. 그래서 외롭지 않기 위해 관계라는 것을 형성한다. 가족, 친구 연인 등등. 관계라는 걸 형성하면 자연스럽게 상대방한테 무언가를 기대하게 된다. 존중해주기를 바랄 수도 있고 이해해주기를 바라는 마음일 수도 있다. 우리는 그런 호의들을 통해서 외로움에서 벗어날 수 있게 되기를 바란다. 하지만 그러다 보면 오히려 더 외로워질 때도 종종 있다. 기대한 만큼 상대방에게 무언가가 돌아오지 못할 때 그렇다.

누구라도 그런 기억이 하나쯤은 있을 거다. 더 커진 외로움은 당신이 관계를 형성하는 것을 더 망설이게 했을 거고.

관계가 문제가 아니었다. 당신의 큰 기대가 그만큼 큰 실망감을 안겨줬을 뿐이다. 누군가를 만나는 일을 망설일 것이 아니라 덜 기대하는 마음을 가져보자. 기대가 적으니 작은 호의 하나에도 더 기분 좋은 만족감을 느낄 수 있을지도 모른다. 바라는 게 없어지니 옆에 있어주는 것만으로 고마워할 수 있을지도 모른다. 누구와 함께 하느냐에 따라서 외로움을 떨칠 수도 있겠지만 내가 어떤 마음가짐으로 관계에 임하냐에 따라서도 외로움이 옅어질 수 있다. 결국 답은 내 안에 있다.

"아무것도 기대하지 않겠다는 것이 자칫
너무 실망했기 때문에 체념했다는 것처럼 보일 수 있어요.
하지만 기대가 적을수록 관계는
오히려 더 풍부해진답니다.
실망했기 때문에 기대하지 않는 것이 아니에요.
이 사람과의 인연에서 예기치 못한
기쁨을 느끼기 위해 기대하지 않는 것이에요."

안
녕

○

"왜 우리는 만나면
반드시 헤어져야만 하나."

당신이 잘 지내기를 바란다. 사랑했던 기억보다 이별한 순간의 아픔 때문에 당신을 미워한다고 생각했는데 시간이 흐르고 나니 좋았던 기억이 더 많았다는 것을 알 수 있다. 아니 사실 모든 순간이 당신과 함께라서 좋았다. 그 시간은 끝났고 우리는 지금 각자 다른 사람 곁에서 미소 짓고 있지만 그 순간의 우리가 있었기에 또한 지금 이 순간의 우리가 있는 거라고 믿는다. 서로 미워도 하고 다투기도 했지만 사랑했던 시간이 더 길었던 우리다. 서로의 삶에 좋은 영향을 미치고 더 좋은 사람이 될 수 있었다. 단점을 지적하기보다 안아주며 보듬어주었던 너와 나였기에.

당신이라면 분명 더 사랑받을 가치가 있는 사람이다. 나 또한 그렇다. 당신이 알게 해주었다. 당신의 매일매일이 평온할 수 있기를 진심으로 바란다.

너에게 물었었다. 더 이상 함께 하기에는 아프기만 하고, 헤어지기에는 서로가 너무 간절한 우리를 어떻게 해야 하겠냐고. 아픈 사랑은 사랑이 아니라며 차디찬 표정으로 서로를 떠나야 할지, 간절함만이 사랑의 증거라며 차갑게 식어버린 포옹이라도 기꺼이 감내할지. 우리는 선택의 갈림길에 서 있었으니까.

헤어질 것을 각오했다면, 아무리 보고 싶어도 질끈 참아낼 각오로 이별하자고. 끼니를 챙겨주던 사람이 사라져도 식사를 거르지 않고, 잠들지 않는 밤이 와도 서로를 찾지 말자고. 그게 아니라면 힘들어도 아파도 이것마저 사랑이라며 서로를 끝까지 안아주자고. 더 이상 손을 잡아도 설레지 않고 입맞춤은 뜨겁지 않을 때, 이것은 사랑이 아니라며 가슴 아파할 것이 아니라 다른 형태로 우리가 서로를 받아들인 것으로 생각하자고.

너에게 차갑게 식어버린 사랑은 사랑이 아니었나 보다. 잡은 손은 무디어 아무 감각이 없고, 우리의 대화는 서로를 바라보지 않고 있었으니까. 그걸 견딜 수가 없었다. 그렇게 너는 떠나갔고, 나는 생각보다 아프지 않았다. 왜냐하면, 선택했으니까.

이별의 아픔도 크나큰 아픔이지만, 가장 나를 괴롭히는 것은 '선택'이다. 그만해야 할지, 이어나가야 할지. 손을 잡을지, 차갑게 돌아설지. 입을 맞출지, 이별을 말할지. 이도 저도 아닌 선택의 갈림길에 서 있을 때 방황하는 내 영혼이 나를 가장 아프게 만든다. 선택했다면 그 결과에 대해서 견디면 된다.

하지만 선택하지 않은 그 순간에는 무엇을 선택할지 고민하는 것밖에는 할 수가 없다. 사랑할지 이별할지, 선택해야 한다. 선택하지 않으면 찾아오는 것은 하루하루 선택하지 않은 우유부단함의 죗값뿐이다. 나에게도, 상대방에게도.

챕터 2

최고의 사랑은 없지만
최선의 사랑은 있다

"다만 방법을 몰랐을 뿐."

99%의 인연을 만나는 일에 대하여

○

“이상형이

어떻게 되시나요?”

거의 모든 연인은 성격차이 때문에 헤어진다.

연애를 시작하기 전에는 사실 상대방의 성격 같은 건 그렇게 중요하지 않다. 이 사람에게 가지는 호감과 관심으로 인해 어떤 모습이든 좋게만 받아들여지기 때문이다. 완벽한 사람은 없다. 누구라도 장점이 있으면 단점이 있기 마련이다. 하지만 그 사람에 대한 관심과 호감을 가지고 상대방에게 접근하게 되면 판단이 흐려진다. 단점 같은 건 잘 보이지 않는다. 일명 콩깍지에 씐다고 한다. 어떤 사람인지 파악하게 되기보다는 '좋아한다'는 마음으로 다가가고 싶을 뿐이다.

하지만 연애를 시작하고 서로에 대해서 자세하게 알수록 많은 것들이 변한다. 연인 관계로 발전하기를 바라는 간절함이 사라진다. 상대방에 대한 호감은 여전히 똑같지만 마냥 모든 것을 좋게 받아들이기는 힘들어진다. 상대방이 가지고 있는 성격의 장단점이 조금씩 보이기 시작한다. 섬세하다고 느껴졌던 모습이 조금은 소심하게 보이기도 하고, 솔직하다고 느껴졌던 모습이 너무 직설적이라 상처를 주는 모습으로 보이기도 한다. 연인 관계로 발전하고 싶은 간절함 때문에 가려졌던 모습들이 보이며 상대방에게 실망을 하게 된다.

실망은 곧 싫증으로 바뀐다. 상대방에게 싫증나고, 이 관계를 이어가는 것 자체에 회의감을 느끼게 된다. 이별을 생각하게 된다. 큰 이유는 없을 것이다. 그저 성격 차이, 바라볼 때 느껴지는 크지는 않지만 작은 거슬림들 정도. 뭐라고 자세하게 설명할 수는 없어 그냥 간단한 이유를 들어 이별을 말한다. 성격 차이 때문에 이별한다고.

나는 생각해봤다. 그럼 대부분이 성격 차이 때문에 이별한다면, 그들은 성격 차이로 인한 이별을 반복하다가, 본인과 딱 들어맞는 성격을 지닌 사람을 운명적으로 만나고, 그 사람과 오랜 시간 동안 인연을 이어가는 것일까? 성격 차이는 애초에 좁힐 수 없는 거니까 이별해야 하는 거고, 어딘가에 있는 나라는 퍼즐조각에 딱 들어맞는 사람과 만나면 되는 걸까?

나 또한 많은 이별을 겪어봤다. 다툼이 잦아서, 성격이 맞지 않아서, 권태기가 찾아와서. 이별의 이유는 늘 만들기 나름이었다. 그리고 나 또한 늘 새로운 인연을 기다리며 이번에는 다툼이 없기를, 성격이 잘 맞기를, 권태기가 찾아오지 않기를 바랐다. 하지만 단 한 번도 그런 인연은 찾아오지 않았다.

누구를 만나도 각자의 장단점은 있었다. 착한 사람을 만나니 늘 나에게 맞춰주는 상대방을 보며 흥미를 느끼지 못했다. 조금 성격이 있어도 외모를 보고 만나니 다툼이 너무 잦았다. 성격이 맞지 않았기 때문이다. 외모도 내 스타일이고 착하기까지 한 사람을 만나니 이번엔 이성 문제가 나를 힘들게 했다. 그 누구를 만나도 늘 우리가 다퉈야 할 이유들은 있었다.

지금 생각해보니 가장 기억에 남는 사람은 성격이 착했든 나빴든, 외모가 나의 이상형에 가까웠든 멀었든, 가장 사랑했던 그 사람이다. 그 사람 옆에서는 아무리 다퉈도 뒤돌아서면 보고 싶었고 성격이 맞지 않는다고 생각이 들 때도 '더 노력해서 맞춰가며 행복한 연애를 하고 싶다'라고 생각할 수 있었다.

사랑이 지속될 수 있는 이유는 사랑이고, 사랑이 끝나는 것에도 사실은 사랑 말고는 다른 이유는 없을 것이다. 성격 차이 때문에 이별하는 것이 아니라, 사랑이 모자라서 이별하는 것일 뿐이라고 생각한다. 그래서 나는 누군가 나에게 어떤 사람을 만나고 싶냐 묻는다면, 어떤 성격이 좋고 어떤 외모가 좋다고 대답하지 않는다. 인연을 끝내고 싶은 순간이 찾아와도 이 사랑을 이어나가고 싶도록 마음먹을 수 있게 해주는 사람이라고 대답한다. 결국 우리는 사랑하기 위해 사랑을 하는 것이니까.

"언젠가 이런 말을 들은 적이 있어요.
이상형을 만날 확률은 정말 희박하지만
내 옆에 있는 사람이 이상형이 될 확률은
100%에 가깝다는 말을요.
그때 깨달았죠.
이상형은 찾는 것이 아니라,
함께 만들어가는 것이구나."

그녀는 내가 본 사람 중 자신의 이상형에 대해 가장 확고한 사람이었다. 외모적으로나 내면적으로나 자신이 세워둔 명확한 기준에 맞추어서 인연을 만들어갔다. 한 가지 의아했던 건 이상형을 만남에도 불구하고 만남과 헤어짐을 자주 반복한다는 것이었다. 그래서 언젠가 물어본 적이 있다. 이상형을 만난다는 것이 그녀에게는 무엇을 의미하는지.

외적으로 맞는 사람은 함께 있을 때 기분 좋은 만족감을 주었지만 성격이 맞지 않으니 정서적으로 편안함을 느끼기가 어렵다고 했다. 내면적으로는 이상형이었으나 외면적으로 맞지 않는 사람은 정서적 편안함을 주었고 오랜 시간 함께 할 수 있었지만 아무래도 시간이 지남에 따라 호감이 금방 시들었다고 했다. 외면적으로도 내면적으로도 이상형인 사람을 만나니 현실적인 상황 때문에 매번 다투었다고 했다.

그리고 그 뒤의 그녀의 말이 가장 기억에 남았다.

"늘 내 이상형은 명확하다고 생각했어. 근데 이제 와서 보면 가장 기억에 남는 사람은 정작 외모도 성격도 무엇 하나 내 이상형이 아니었는데 나를 진심으로 사랑해주었고, 나 또한 진심으로 사랑했던 사람이야. 이상형이라는 것은 그저 하나의 꿈꾸는 모습 정도일 뿐이더라.

사랑을 하기 위해서 반드시 필요한 조건 같은 게 아니더라고. 조금 더 사랑에 빠질 수 있는 계기를 주기는 하겠지만 그 이상도 이하도 아니었어.

그렇게 이상형이라고 생각했던 사람들을 다 만나보고 난 뒤에야 알겠어. 어떤 사람이 진정한 이상형인지를 말이야. 일단은 사랑에 빠지는 거야. 이상형을 만나 사랑에 빠지기는 어렵지만 사랑에 빠지게 되면 그 사람이 내 이상형이 되거든."

잠이 오지 않아 뒤척이던 밤 왜 갑자기 그녀가 떠올랐을까. 외로움에 뒤척이며 사랑에 빠지고 싶다고 생각하다가, 어떤 사람을 만나야 사랑에 빠질 수 있을지를 고민하는 중이었다. 하지만 그녀의 말이 떠올라 그만두기로 했다. 누구라도 나의 이상형이 될 수 있으니까.

사랑에 빠지고 싶다고 고민하고, 내 이상형이 어떤 사람인지를 고민하고, 그 이상형에 들어맞는 사람을 찾아 나서는 건 사랑에 빠지는 것이 아니었다. 그저 내가 원하는 조건을 만족시키는 사람을 찾아 헤맨 것뿐. 사랑은 조건이 아니라 마음으로 하는 것인데. 머리가 아니라 가슴 속에서 끓어오르는 뜨거운 무언가로 하는 건데. 중요한 건 사랑에 빠지는 것이니까. 그렇게 되면 꿈속에서 그리던 이상형이 내 눈앞을 지나가도 나는 내 옆에 있는 사람의 손을 질끈 잡을 테니까. 꿈속에서 그리던 이상형이 아니라, 내 눈앞에 있는 이 꿈같은 사람을 바라보며.

표현하지 않아도 전달되는
마음은 무관심 뿐이다

○

"눈빛만 봐도 당신의 마음을 알아주는
그런 사람을 원하시나요?"

감정이나 마음을 상대방에게 표현하는 일은 정말 중요하다. 표현하여 전하기 전에는 알 수 있는 방법이 없기 때문이다.

하지만 표현하지 않아도 자신의 마음을 상대방이 알아주기를 바라는 이들이 있다. 그들은 말하지 않아도 전달되는 감정이 더욱 더 값지다고 생각한다. 직접 말로 표현해서 상대방에게 전달하는 것보다 자연스레 느껴지게끔 하는 더 좋은 방법이 있다고 믿는다. 틀린 말은 아닐지도 모른다. "사랑해"라고 말해도 그저 말만 사랑한다는 말이었을 뿐, 그 말에는 사랑이 전혀 없던 경우도 많았을 것이다. 그 누구도 자신의 말에 100% 진심을 담아서 이야기하지는 않는다. 그렇기에 말로 전하는 것보다 말하지 않아도 느껴지게 하는 것이 좋은 것으로 생각되는 것이고.

그렇다고 해도 "나는 너에게 표현하지 않았을 뿐, 이미 충분한 사랑의 모습을 보였으니 스스로 느껴라."와 같은 무책임한 태도는 분명 문제가 있다. 사랑은 함께 하는 것이고 그를 이어가기 위해서는 확인이 필요하다. 서로가 서로를 여전히 사랑한다는 확인. 애정표현, 사랑이 넘치는 눈빛과 같은 것이 바로 여전히 서로가 사랑을 이어가도 된다는 확인의 과정이다. 그런데 표현을 하지 않으니 상대방은 사랑을 확인할 수가 없고 그 관계를 이어갈 확신이 들지 않게 된다. 자신이 표현하는 만큼 상대방으로부터 돌아오는 표현이 없으니 혼자만 사랑한다고 느껴질지도 모른다.

나도, 상대방도 서로가 서로에게 사랑을 확인시켜주기 위해 늘 노력해야 할 필요가 있다. 마음이 식고, 표현할 사랑조차 남지 않게 된 관계가 과연 의미가 있을까. 그렇기에 늘 우리의 사랑은 여전히 의미가 있다고, 이렇게 표현할 사랑이 여전히 많이 남아있다고 확인시켜줘야 한다.

물론 표현하지 않아도 느껴지는 사랑이 있을 것이다. 하지만 그것이 차갑게 식은 눈빛으로 상대방을 바라보고, 무뚝뚝한 말투로 내뱉는 무관심의 말들을 의미하진 않는다. 각각의 사람에게는 그에 맞는 표현의 방식이 있다. 사랑한다는 말을 들어야 안심하는 사람, 따듯한 눈으로 바라봐줄 때 안심하는 사람, 잠에서 깬 직후에 보내는 안부 연락에 안심하는 사람.

사랑의 표현에는 많은 방식이 있고, 사람마다 사랑받음을 느끼는 순간조차 다르다. 그러니 상대방에게 "난 이미 사랑을 표현하고 있다. 직접적으로 하지 않을 뿐. 그러니 네가 스스로 느껴라."와 같은 무책임한 태도가 아닌, 상대방이 어떤 순간에 사랑받고 있음을 느끼는지 이해하고, 그에 맞추어 사랑을 표현하는 과정이 필요하다.

우리들은 결국 서로의 사랑을 확인받을 때, 더 안심하고 그 사랑에 깊게 잠길 수 있다.

감정을 표현하는 것에 유독 인색했던 친구가 있었다. 부모님에게조차 사랑한다는 말 한 마디 제대로 못하는 성격이었다. 당연히 연인을 사랑스럽게 바라보고 또 마음을 표현하는 일도 마냥 부끄럽고 어려웠겠지. 그런 그와 연애를 하는 그녀는 늘 표현에 목이 말라있었다.

다정한 눈으로 바라본다든가, 사랑한다고 말해준다든가 하는 그런 행동들을 대부분 애정의 표현이라고 본다면 얼마든지 해줄 수 있지만 그저 부끄럽고 표현이라는 것 자체가 낯설어서 그랬을 것이다. 하지만 사랑하는 마음만큼은 진짜라는 걸 알아주기를 바랐다. 굳이 표현하지 않아도 충분히 사랑하고 있다고. 꼭 보여주어야만, 확인해야만 믿어주는 것이 아니라 그저 그 자체로 믿어주기를 바랐다. 그것이 욕심이라고는 생각하지는 못한 채.

표현하지 않아도 믿어주는 것이야말로 사랑이라고 여겼던 친구는 끝내 이별을 맞이했다. 떠나갈 때 그녀가 말했다고 한다. 분명 연애를 이어가고 있는데 짝사랑을 하는 것만 같다고.

친구의 마음이 얼마나 진실했든, 거대했든 그걸 보여주지 않았으니 결국 상대방이 느끼기에는 아무것도 없는 것과 다를 바가 없었던 것이다. 확인해야만 믿어주는 게 무슨 의미가 있냐고. 그냥 그 자체로 믿어달라고 주장하던 것이 얼마나 바보 같은 생각인지를 그때가 돼서야 깨달았다고 한 넋나간 친구의 표정이 아직도 선명하다.

친구는 말했다. 가슴 속에 묻어둔 말들, 전부 표현해줄 걸. 표현하지 못한 게 한이 돼버릴 거라면 담아두기보다는 꺼내볼 걸.

늘 하는 말이지만 후회는 이미 늦다. 내 말에 귀를 기울여줄 때, 내 두 눈을 마주하고 바라보고 있을 때 표현했으면 됐을 것을. 나는 바보같이 그 시간들을 지나온 것이다. 그 시간들은 두 번 다시 돌아오지 않을 것이고.

누군가를 사랑할 때 어떤 표현도 망설이지 말자. 순간의 부끄러움 같은 것들은 중요하지 않다. 순간 그런 감정들이 들 수 있겠지만 이겨내고 표현하면 내 눈 앞에 있는 그 사람이 세상에서 가장 행복한 미소를 짓고 있지 않은가. 그 시절에만 느낄 수 있는 그 아름다운 감정들을 가슴에 담아둬 봤자 남는 것은 후회뿐이다. 그 시절이 지나가버리기 전에 어서 표현해야 한다. 지나간 마음들로 두기에는 너무 아깝다. 지금 이 순간에도 표현하지 못한 감정들은 가슴속에 슬프게 남아 있을 뿐이다.

누군가를 이해한다는 건

더 강해진다는 것

○

"나와 조금이라도 다르다고 느껴지는

사람을 도저히 받아들이기 힘들다고 생각이 든다면"

누군가를 이해한다는 건 참 힘든 일이다. 이해를 한다는 건 사실 나와는 맞지 않는 것들을 견뎌내겠다는 뜻이니까. 예를 들어보자. 서운한 게 있어도 그것을 참고 넘어가는 사람과 서운한 일이 생기면 즉각적으로 이야기하는 사람이 관계를 형성하게 되면 서로 불편한 일이 생길 것이다. 서운함을 참는 것이 습관이 된 사람의 입장에서는,

'왜 이렇게 사소한 것 하나하나 표현을 하는 걸까.'
'그냥 넘어갈 수도 있는 것 아닐까.'

라는 생각이 들 수도 있다. 원래 본인의 가치관과는 맞지 않기에 쉽게 이해하기 어렵다. 서운한 걸 매번 말하는 사람의 입장에서는 또 다르다. 나는 그때그때 느껴지는 감정들을 서

로 이야기함으로써 더 관계가 돈독해질 수 있다고 생각하는 건데 매번 속으로 삼키며 넘어가는 상대방이 이해가 가지 않을 것이다.

물론 옳고 그름은 없다. 그저 각자의 스타일 차이일 뿐. 물론 처음부터 나와 딱 맞는 사람을 만나는 게 제일 좋겠지만 애석하게도 퍼즐 조각 맞추듯이 나와 딱 맞는 사람을 만나는 일은 하늘의 [별 따기만큼] 힘들다. 그렇기 때문에 나와 다른 상대방을 이해하며 살아가는 거고.

그런데 또 누군가를 막연하게 이해한다는 건 어렵다. 불편함을 일으키기도 하는 상대방의 모습을 이해하고 받아들이는 게 상대방의 비위를 맞추는 일처럼 여겨질 수도 있겠다. 또 자칫 자존심이 상한다고 느껴질 수도 있다.

하지만 내가 하고 싶은 말은, 이해를 한다는 건 사실 자존심이 상하는 일이 아니라 오히려 더 멋진 일이라는 것이다. 누군가를 이해한다는 건 더 큰 마음의 힘이 있기에 가능하다. 자신의 가치관과는 맞지 않는다고 해도 받아들이고 상대방의 마음을 헤아리고 그에 맞춰주는 것. 아무나 할 수 있는 일이 아니다. 나와 맞지 않는 사람을 이해하는 것은 나를 더 강한 마음의 힘을 가진 사람으로 만들어 준다.

누군가를 이해하는 일에 인색해지지 말자. 기꺼이 이해하는 사람이 될수록 더 강한 사람이 될 것이다. 그리고 누군가를 이해했던 만큼 성숙해진다. 성숙해진 만큼 더 좋은 사람들을 만나게 된다. 당신만큼 강한 마음의 힘으로 당신을 이해해줄 그런 사람.

떠나간 사람을 붙잡는
방법에 정답은 없다

○

"내 곁을 떠난 사람,

어떻게 해야 돌아올 수 있나요?"

친구들의 고민 상담을 해주다보면 많이 듣는 이야기가 하나 있다. 바로 이별한 사람을 어떻게 붙잡아야 할지 모르겠다는 거다. 이미 헤어졌지만 마음은 남아있는 그 사람과 재회하고 싶다고. 그런데 어떻게 붙잡아야 상대방을 확실하게 붙잡을 수 있을지 모르겠다는 것이다. 그럴 때마다 내가 내놓는 대답은 같다. 이 세상에 사람의 마음을 돌리는 확실한 방법 같은 건 없다고. 그저 최선을 다해 내 마음이 얼마만큼 진짜인지를 보여 줄 수밖엔 없는 거라고.

이별의 상황은 다양하다. 누군가의 마음이 식어서 이별을 할 수도 있고, 한 쪽의 큰 잘못으로 이별을 했을 수도 있다. 심지어 별 것 아닌 것이 이별로 이어지기도 한다. 다양한 오해와 실수가 그곳에 있다. 모든 상황마다 복잡한 감정들이 얽

혀있다. 그렇기 때문에 정해진 해답 같은 건 없다. 할 수 있는 건 앞서 말했듯이 그저 최선을 다하는 것뿐.

사실 헤어졌던 연인들이 다시 결합되기 위해서 필요한 건 어떤 자신의 잘못에 대한 제대로 된 사과나 오해에 대한 논리적인 설명보다 결국 상대방의 마음을 다시 돌리는 일이다. 친구 사이에서는 잘못에 대한 진정성 있는 사과, 둘 사이에 벌어졌던 오해를 풀어나가는 것. 이런 것들로 관계가 회복된다. 하지만 연인 사이에 그런 건 크게 중요하지 않다. 마음이 돌아섰냐, 돌아서지 않았느냐만이 중요할 뿐이다. 그렇기에 진정성 있는 사과도, 오해를 푸는 것도 중요는 하겠다만 돌아선 상대방의 마음을 다시 돌리는 것이 제일 중요하다. 그 마음을 돌리기 위해서 내가 얼마나 지금 이 상황에 있어서 진심인지를 이야기하려 노력해야 하고. 상대방으로 하여금 '이 사람이 이만큼이나 나에게 간절하구나'를 느끼게 하고, 서로 사랑했을 때의 마음이 꿈틀거릴 수 있도록 해야 한다.

물론 그렇게 한다고 해도 상대방의 마음을 돌려세우지 못할 수도 있다. 그렇다고 하더라도 내 마음을 보여주기 위해 최선을 다하는 것을 멈춰서는 안 된다. 결국 최선을 다하지 않은 마음들은 후회로 남아 나를 괴롭힌다. 순간의 자존심 때문에, 머뭇거림 때문에 전하지 못한 마음들은 훗날 후회로만 남게 된다.

"그때 내가 연락을 했더라면 그 사람이 돌아오지 않았을까."

"여전히 나에게 마음이 남아있던 것 같은데, 내가 자존심 때문에 기회를 놓친 건 아닐까."

그러니 그 순간, 여전히 그 사람에게 돌아가고 싶은 그 마음에 최선을 다하자. 당신의 마음이 닿았다면 떠난 그 사람은 다시 돌아갈 것이고, 혹여 닿지 않았다고 하더라도 남아있는 마음에 대해 최선을 다했기 때문에 후회하지 않을 수 있다. 이러나 저러나 사실 자신의 마음에 최선을 다하는 것은, 결국 나 자신에게 최선을 다하는 일이다.

붙잡고 싶은 사람이 있다면 지체할 시간이 없다는 것을 기억하자. 마음은 시간이 흐르면 변한다. 보고 싶었던 때를 놓치면 영영 볼 수 없는 사이가 될 수도 있다. 함께 마주잡던 손은 차갑게 식어 손가락 사이에 허전함만 남을지도 모른다. 시간이 흘러가기 전에, 마음이 변하기 전에 그 마음을 잡아주는 것이 붙잡고 싶은 사람이 있다면 최우선으로 해야 할 숙제이다.

어차피 시간이 흐름에 따라 변할 마음이라면 붙잡지 않는 것이 낫다고 생각이 들지도 모르겠지만, 그것은 내가 상대방의 마음이 변하도록 방치한 것임을 잊지 말자. 시간은 우리의 편이 아니다. 상대방 또한 나를 그리워하는 시간에, 나를 보고 싶어하는 시간에, 여전히 나에게 마음이 있는 그 시간에 달려갈 수 있다면 그 사람은 다시 내 품에 안길 것이다. 시간이 흘러도 변하지 않을 마음을 가지고.

재회에 관하여

○

“한 번 끝났던 인연이라고 해서

반드시 또 끝난다는 보장은 없습니다.”

살면서 우리는 수많은 사람을 만나 사랑을 하고 또 그만큼이나 많이 이별한다. 그리고 그 이별 속에서 다시 이어지기도 한다. 재회한다. 그리고 재회하고 또 다시 이별한다.

이별했음에도 재회하는 이유는 상대방의 부재를 견딜 수 없기 때문일 것이다. 각자의 삶으로 돌아가려고 마음먹었지만, 막상 서로의 빈자리가 삶의 큰 자리로 느껴짐을 알고 다시 만난다. 그렇기 때문에 재회하는 연인들은 다시는 [이별하지 말자] 마음먹는다. 서로가 서로에게 얼마나 소중한 존재인지를 깨달았기 때문에. 하지만 대부분 그러하듯, 비슷한 이유로 다시 이별하고 만다. 그래서인지 주변의 많은 사람은 재회를 그다지 달갑게 생각하지 않는다. 주변의 누군가가 재회를 고민한다고 말하면, 아마 보통은 이렇게 대답할 거다.

"어차피 똑같은 이유로 이별할 것이다."
"사람은 고쳐 쓰는 것 아니다."
"시간 낭비하지 마라."
"누가 봤던 영화를 또 보냐."

세상에 정답은 없지만 대부분의 사람들이 정답을 내려놓는 경우는, 대부분의 경험들이 비슷한 결과로 끝났기 때문이다. 많은 사람들이 사랑을 하고, 이별하고, 재회를 해봤다. 그리고 대부분의 재회는 또 다시 이별로 이어졌을 것이고. 더더욱 재회라는 것은 다시는 이별하지 않을 것을 맹세하며 시작하는 경우가 많다. 그런데도 또 다시 이별로 이어졌으니, 그 맹세는 산산조각나고 재회에 대해서 더욱 부정적인 생각이 생기는 것이다. 하지만 그렇게 무조건적으로 재회에 대해서 부정적으로 생각하는 것은 옳지 않다고 생각한다.

사람은 고쳐 쓰는 것 아니라지만, 알게 모르게 사람은 변한다. 마냥 이기적이었던 사람이 사랑하는 사람을 만나, 무언가를 주고 싶어 안달이 나기도 하며, 관계라는 것 자체에 회의적이기 때문에 오는 사람 안 막고 가는 사람 안 잡던 사람이 누군가에게 간절해지기도 한다. 사람은 쉽게 변하지 않기에 고쳐 쓰는 것 아니라는 말이 더 맞는 말에 가까울 수 있겠지만 사랑은 그러한 것들조차 부정해버리며 누군가를 더 좋은 방향으로 이끌 수 있는 힘을 가지고 있다. 이별의 아픔이, 사랑의 소중함이 그 사람을 바꿈으로써 더 좋은 관계로 이어질 수도 있다는 것이다. 이별 후의 재회가 둘의 관계를 더 개선시켜줄 수도 있다.

물론 모든 재회가 그렇다는 것은 아니다. 어떤 재회는 분명 똑같은 이별의 결과를 가져올 것이고, 고통의 시간만 더 늘리기도 한다. 이별의 아픔만 이겨내고 나아갔다면 꽃길을 걸었을 텐데, 순간 이별의 아픔과 상대방의 공백을 이겨내지 못해한 재회는 서로를 아프게만 한다.

사실 나는 그런 이유로 헤어졌던 연인들이 재회를 할지 말지 고민할 때에는 재회하라고 이야기한다. 다시 만나도 서로를 아프게 할 사이라면, 그것을 빨리 알아차리기 위해서라도 돌아가라고. 조금이라도 더 빨리 망설임 없이 그 관계를 정리할 수 있도록. 그리고 재회함으로써 변하고 서로 개선될 사이었다면, 망설이느라 다시 만나지 못한 순간들이 너무 아깝다고. 서로를 위해서 변할 수 있는 사이니 망설이지 말고 돌아가라고 말이다.

중요한 것은 한 번의 이별로 이 관계가 완벽하게 끝났다고 섣불리 속단하지 않는 것이다. 마음이 남아있다면 다시 만나

서로 더 행복해지거나, 어떤 고민의 여지도 없이 확실하게 끝낼 수 있도록 서로를 더 지켜봐야 한다.

우리들은 경험해보기 전엔 그 무엇도 확신할 수 없다. 그렇게 단순하게 재회를 부정적인 것으로만 여기며 놓친 인연들이 얼마나 있을지 모른다. 조금 두렵지만, 또 다시 이별의 아픔을 겪을지 모르니 두렵겠지만, 용기를 가졌으면 좋겠다.

"그 사람을 여전히 사랑한다면
돌아가는 것을 망설이지 마세요.
더 견고한 사랑이 되든
더 나쁜 이별을 맞이하든 상관없어요.
아직 사랑하잖아요.
여전히 사랑하잖아요.
그게 제일 중요한 거예요."

헤어진 사람과 재결합을 하겠다고 하면 누군가는 '다 본 영화를 왜 또 돌려보냐고' 말한다. 하지만 나는 봤던 영화를 보고, 보고, 또 보는 사람이다. 그 영화를 처음 볼 때와 두 번째 볼 때와 세 번째 볼 때 매번 느낌이 다르기 때문이다. 처음 볼 때엔 영화의 내용을 잘 알지 못해 그 이야기의 흐름을 따라가기 바쁘지만, 두 번째에는 영화의 내용을 전부 알고 있기 때문에 섬세한 부분들까지도 볼 수 있다.

순간 순간 등장 인물들의 표정, 숨소리 같은 것들. 그리고 세 번째 볼 때는 영화의 음악, 차마 눈에 들어오지 않았던 배경들도 눈에 들어온다. 사람도 똑같다고 생각한다. 서로 알아가느라 미처 몰랐던 부분, 그렇기에 놓치고 있던 부분들. 그 사람의 작은 배려, 표정의 변화, 간절한 손짓 같은 것들. 몇 번이고 돌려보면서 이 사람을 더 깊게 알아갈 수 있을 것이라고 생각한다.

다시 돌려본 영화가 무조건 재밌을 거라는 보장은 없듯, 한 번 헤어진 사람과 다시 만나는 것이 어떤 결과를 가져올지는 아무도 모른다. 그러니 난 기꺼이 다시 한 번 이 영화를 돌려보겠다. 당장 오지 않은 나쁜 결과만을 떠올리며 두려워하기엔, 당장의 이 떠나간 그 사람을 원하는 내 감정이 더욱 크다.

권태기는 이제 헤어져야 한다는 신호일까요?

○

“바라보는 것만으로 행복했던 사람인데 아무 감정도 느껴지지 않는다는 사실이 너무 슬플 때도 있어요.”

한 사람과 오랜 시간 동안 연애를 하다보면 많은 감정들을 느낄 수 있다. 연애 초의 타오를 듯한 감정과 그것이 익숙해짐에 따라 느끼는 안정감, 그리고 이별할 때의 아픔까지도. 수많은 감정과 마음들이 오간다. 그중 가장 복잡한 감정이 뭐냐고 한다면 권태기를 이야기할 수 있을 것 같다.

함께 하는 시간이 길어짐에 따라 권태기가 찾아오는 건 어쩔 수 없다고 생각한다. 소중함이 바랜 건 아니지만 이 사람이 내 삶에 들어와 있는 것이 당연한 것이 되고 그에 따른 마음의 변화가 찾아오기 때문이다. 하지만 명확하게 해야 할 것은 바로 권태기가 찾아온 것을 사랑이 식은 것으로 오해해서는 안 된다는 것이다. 그저 서로가 더 단단히 자리 잡은 관계가 되기 위해 거치는 과도기 같은 거라는 걸 알아야 한다. 편안해졌음에도 불구하고 여전히 소중하다는 것을 잊지 않고, 편안한 관계가 됐음을 인정해야할 것이다. 그 편안해짐을 지겨워짐으로 오해하는 것은 너무 쉽다. 소중함에서 잠깐 눈을 돌려버리면 그렇게 될 뿐이다.

권태기를 이겨내지 못하면 그저 그랬던, 시간이 지남에 따라 기억조차 흐릿해질 스쳐가는 인연이 될 뿐이겠지만 그 잠깐의 순간을 이겨내면 누구도 부러워하지 않아도 될, 서로를 진심으로 사랑하고 언제 떠날까 두려워하지 않을 수 있는 그런 관계로 발전할 것이다.

그 순간에는 관계를 이어가야할지 말아야할지 회의감도 느껴지고, 이제 오래 만난 인연 자체가 낡아졌을 뿐이라고 생각이 들 수도 있다. 하지만 앞날에 찾아올 더 큰 행복을 위해 순간을 견뎌낸다면 함께 더 빛날 앞날들이 있었을 뿐이라는 걸 알 수 있게 될 것이다.

"지금 이 순간 느껴지는 권태로움을

이겨내는 것이 분명 쉽지는 않을 거예요.

하지만 그 어떤 값진 인연도

쉽게 만들어지지 않는답니다.

함께 힘든 순간을 이겨낸 만큼 분명 찾아와요.

더 행복한 날들."

사람의 마음은 조금 치사한 것 같다. 언제나 같은 마음이기를 바라지만 늘 달라지니까. 시간이 흐름에 따라 변하니까. 난 그게 싫다. 한결같은 마음으로 상대방을 바라보고 싶은데 바라보기만 해도 좋았던 사람이 미워지기도 하고 어느 날에는 아무 감흥이 없기도 하니까. 언제나 한결같기를 바라지만 매일같이 변하니까. 때로는 그 변화 때문에 한 사람의 곁을 떠나고 싶어지기도 하니까.

결에 없어서는 안 될 것 같았던 사람이 당연하게 옆에 있을 때 그게 지겨워지기도 한다. 새로움을 추구하며 새로운 사람을 만나고 싶어지기도 한다. 그렇게 변하는 내가 미웠지만 그 권태로움을 이겨낼 수가 없어서 매번 누군가의 곁을 떠났다. 새로움을 추구하게 될 때면 늘 그렇게 했다. 하지만 누군가를 만나고 시간이 흐르고 권태로워지고 그때 새로운 누군가를 만나고. 그것들을 반복하며 느낀 것이 하나 있다. 권태로움에 등떠밀려 누군가를 만나봤자 새롭지 않았다. 또 다시 새로운 사람을 처음부터 알아가야 한다는 또 다른 권태로움일 뿐이었다. 오히려 긴 시간 곁을 지켜준 사람은 편안하게 내 옆에 있어줌으로써 더 내가 나다울 수 있게 해줬고, 그 사람에게 숨길 필요 없는 다양한 나의 모습을 보여줄 수 있었다.

순간의 새로움은 잠깐의 설렘을 줄뿐이지만 오랜 시간 곁을 지켜준 사람에게는 매 순간 새로운 나일 수 있었다. 시간이 갈수록 신뢰는 단단해지고 꽁꽁 숨겨두었던 나의 모습마저 그 사람 앞에서는 보일 수 있었으니까. 그것은 또 다른 종류의 새로움이었다.

어떤 새로움을 추구할지는 각자의 몫이겠지만 매번 새로움을 반복하다보면 그 새로움 또한 또 다른 종류의 지겨움이 될 뿐이었다. 그럴 바에야 한 사람의 곁에서 서로를 굳게 믿으며 함께 발전하며 나의 모습을 보이고 새로운 나를 발견할 수 있는 것이 더 새롭게 다가올 수 있다고 생각한다. 새로운 사람을 만나는 것은 어떻게 보면 쉬운 일이지만, 새로운 나를 찾아가는 일은 무엇보다 어려운 일일 것이니까.

이 사람 옆에서만 찾아갈 수 있는 새로운 나의 모습이니까.

다투지 않기 위해서 다툰다

○

"너무 소중한 사람인데
자꾸만 다투게 된다면."

모든 사람의 생각은 다르다. 그래서 우리는 늘 상대방을 배려하고 이해하며 살아간다. 하지만 간혹 그 가치관이 강하게 충돌할 때가 있다. 우리는 종종 누군가와 다투곤 한다. 다툼이라는 것 자체가 나쁘다고는 생각하지 않는다. 잘못된 건 그 과정에서 잘못된 말과 행동으로 상처를 주는 것이다. 오히려 다툼은 각자의 다름을 이해하고 맞춰가기 위해서 필요한 과정이다. 다투지 않는 게 중요한 것이 아니라 서로의 다름 때문에 충돌했을 때, 어떻게 맞춰가야 할지를 고민해야하는 것이다. 현명하게 다투면 그것은 더 이상 다툼이 아니라 서로 마음에 있던 짐을 푸는 과정이 되고 더 좋은 관계로 나아갈 수 있는 계기가 된다.

좀 다툰다고 서로를 미워하는 게 아니다. 더 가까워지기 위한 과정을 지나고 있을 뿐이다. 감정에 휩쓸려 다툼의 때마다 서로 상처만 주고받으면 결국 나 혼자 외로워질 뿐이다. 좋은 마음이 있기 때문에 서운한 마음도 생기고, 더 좋은 관계로 발전하고 싶은 욕심에 다투기도 한다는 걸 알았으면 좋겠다.

"관계에서의 다툼은 이기기 위한 싸움이 아니에요.
서로를 더 자세하게 알아가기 위함입니다.
무엇을 싫어하는지, 서로가 어떻게 다른지.
지금껏 어떻게 살아왔으며
그 살아온 모습에 따라 형성된 상대방의
가치를 알아가는 하나의 과정입니다.
다툼을 미워할 것이 아니라,
조금 다퉜다고 곁을 떠나는 인연을 미워하세요.
서로의 믿음이 단단해지는 그 과정의
힘듦을 감당할 생각조차 없는 사람이니까요."

선의의 거짓은 없다

○

"어디까지
솔직해야 하는 걸까요?"

한 사람과 오랜 시간 연애를 이어가기 위해서 지켜야할 것들을 이야기하자면 많은 것들이 있을 것이다. 서로만을 바라보는 한결같음, 식지 않는 사랑, 신뢰, 함께 미래를 생각하는 마음 등등. 무엇 하나 빠질 수 없는 요소들이다. 나는 그중 가장 먼저 그리고 가장 중요하게 지켜져야 할 것이 바로 신뢰라고 생각한다.

연인 사이에 신뢰가 깨지는 경우는 많을 수 있겠지만 가장 대표적으로는 거짓을 말하는 경우일 것이다. 거짓을 말하는 데에는 많은 이유가 있다. 무언가를 숨기기 위해서 혹은 상대방과 나의 관계를 위해서, 비밀을 말할 수가 없어서. 여러 이유들로 우리는 거짓을 말하곤 한다. 물론 세상에 단 한 번도 거짓말을 하지 않은 사람을 찾는 건 더 어려운 일일지도 모른다. 우리들은 살아가면서 작게 혹은 크게 거짓말을 하면서 살아가니까. 굳이 전달하지 않아도 될 진실을 숨기기 위해서 하기도 하고, 민망한 상황을 피하기 위해서 혹은 스스로를 지키기 위해서. 그렇기 때문에 꼭 거짓말을 나쁘다고 이야기하는 건 아니다. 살아가면서 100% 솔직하게만 살아갈 수 있는 사람은 없을 테니까. 아니 오히려 너무 모든 것을 솔직하게 이야기하며 살아가면 오히려 누군가에게 약점이 잡히거나 하지는 않던가. 하지만 그것이 연인 사이가 된다면 이야기가 달라질 것이다.

물론 숨기고 싶은 나만의 비밀이라거나, 아픔, 고통 같은 것들은 숨길 수도 있겠다. 연인 사이가 됐다고 해서 의무적으로 모든 걸 털어놔야 하는 사이가 되는 건 아닐 테니까. 여기서 이야기하고 싶은 것은 연인 사이의 신뢰를 지키기 위해서 서로 숨기지 말아야할 것들에 대해서다. 누구를 만났는지, 어디에서 무엇을 하는지, 요즘 느껴지는 감정들은 무엇인지. 함께 연인이 된 뒤부터 공유하는 일상적인 것들에 대해서 말이다. 연애란 무엇일까, 연인 사이는 어떤 사이어야만 할까. 이런 질문들에 대한 정확한 정답은 없지만 적어도 '내 모든 것을 숨기고, 무슨 생각을 하고 있고, 어떤 일상을 보내고 있는지조차 모르게 하는 사람'이 연인 사이의 정의는 아닐 것이다. 지나온 과거까지 모두 다 이야기해야할 필요는 없어도 지금 너와 나 우리가 함께 하고 있는 현재에 대해서는 공유해야 할 필요가 있다는 것이다.

거짓말은 사소한 곳에서부터 시작된다. 동네 앞 잠깐 친구들을 보러 나가는 길. 애인이 걱정할까봐 언질 없이 다녀오는 술자리. 친하게 지내는 이성 친구와의 커피 한잔. 그렇게 사소하게 시작됐던 거짓말들은 눈덩이처럼 불어나기 시작한다. 그리고 언젠가 반드시 그 순간이 오게 된다. 큰 거짓말이었든 작은 거짓말이었든 상대방이 알아차리게 되는 순간. 세상에 영원한 비밀은 없는 마당에, 가장 가까운 곳에서 날 바라보는 사람이 단 하나의 거짓말도 알아차리지 않을 수가 없다. 큰 거짓을 걸렸든 작은 거짓을 걸렸든 똑같다. 그때부터 신뢰에 금이 가기 시작할 것이다. 그리고 한 번 가기 시작한 금은 나중에 다시 이어붙일 수 없다. 다들 하는 말을 따라 한 번 깨진 유리컵을 다시 이어붙일 수 없다는 그런 이야기가 아니다. 한 번 신뢰에 금이 가면 어떤 진실을 이야기해도 거짓처럼 들리기 시작한다는 것이다.

한 번의 거짓말은 너무 쉽게 입 밖으로 튀어나온다. 사실 어떤 때에는 거짓을 이야기하는 게 더 쉽기도 하니까. 거짓은 그렇게 쉽고 달콤한 유혹이다. 하지만 그렇게 쉽게 튀어나온 거짓이 들통 나고 신뢰가 금이 가면, 그것을 다시 채우기 위해서는 몇 배의 시간과 정성이 필요하다. 말 한 마디를 내뱉는데 얼마나 긴 시간이 걸리던가. 해봤자 몇 초다. 몇 초 동안 내뱉은 거짓, 몇 초짜리 거짓에 금간 신뢰. 고작 몇 초짜리처럼 보이지만 다시 그 신뢰를 복구하기 위해서 걸리는 시간은 고작 몇 초가 아니다. 함께 오래 해온 시간의 신뢰를 몇 초 만에 무너뜨리고, 몇 초 만에 무너진 신뢰를 다시 회복시키는 것에는 또 몇 배의 시간이 든다는 것이다.

진정으로 오랜 시간 동안 연애를 지속하고 싶다면 절대 거짓말을 해서는 안 될 것이다. 순간 달콤할 뿐이지 이토록 비효율적일 수가 없다. 물론 사랑에 효율성을 따지는 것도 웃긴 일인지도 모르겠다. 좋은 효율성을 위해서가 아니라, 내가 사랑하는 사람에게 상처를 주지 않기 위해서 거짓을 말하지 않으려는 태도가 사실은 더 올바른 태도일 테니까.

숨기고 싶은 나만의 비밀을 제외하고는 거짓을 말하지 않았으면 한다. 선의의 거짓 같은 건 사실 없다. 거짓을 말하는 나를 포장하기 위한 좋은 변명거리일 뿐이지. 거짓에 하얀색이 어디에 있던가. 신뢰가 한 번 깨지면 다시는 돌아가기 어려운 관계가 될 뿐이다. 순간의 달콤함에 넘어가 더 달콤하고 소중한 관계를 망치는 일이 없기를. 더 나아가 사랑하는 사람에게 만큼은 언제까지니 솔직할 수 있는 우리가 된다면 좋겠다.

"나의 모든 것,
초라한 모습마저 솔직하게 밝힐 수는 없겠지만
지금의 우리에게는 가장 솔직하도록 해요.
연인에게조차 솔직하지 못하다면
누구에게 나의 이야기들을
털어놓으며 살아갈 수 있겠어요.
나를 숨기며 살아가는 것,
많이 힘들잖아요."

연애를 많이 겪을수록 멈칫거리게 되는 이유

○

"누군가를 만나고 이별을 반복할수록
새로운 인연을 시작하는 것이 망설여진다면."

나이를 먹을수록 연애가 힘들어지는 이유는 심플하다. 이미 여러 번의 연애를 통해 겪은 경험 값을 통해 누굴 만나든 다를 것이 없다는 결론을 스스로 내렸기 때문이다. 속된 말로

"이놈이나 그놈이나 거기서 거기다."

라고 말하기도 한다.

누구를 만나도 연애는 매번 거기서 거기였으며 결국엔 늘 끝을 맞이했을 뿐이다. 더 이상 새로운 누군가를 만나 알아가는 시간을 가지는 것도, 비슷할 뿐인 연애를 하는 것도, 그 끝에 결국 이별하는 것도 전부 지겨워져버린 것이다.

사실 사랑받고 싶지 않은 건 아닐 텐데. 사랑하고 싶지 않은 건 아닐 텐데. 매번 영원할 것처럼 시작된 사랑이 그렇게 허무하게 끝나버리는 게 힘들어진 것일 텐데. 어렸을 때에는 무슨 사랑이든 과감하게 했으면 그만이지만 나이가 먹음에 따라 그렇게 사랑이 시작하고 끝나고를 반복하는 게 의구심이 든 것일 텐데.

어렸을 때의 그 과감함을 잃어버린 당신은 걱정이 앞서 사랑에 빠지는 것이 더 두려워졌을지도 모른다. 하지만 누구를 만나든 거기서 거기라며 스스로를 합리화하고 있지만 사실은 시간이 갈수록 외로워져가고 있을지도 모른다.

누구를 만나도 거기서 거기인 것이 아니다. 지금까지 겪어온 사랑의 끝이 좋지 않았을 뿐. 하지만 어딘가에 반드시 지금까지 겪어왔던 사랑과는 다르게 굳건하게 옆자리를 지켜줄 사랑이 있다. 그런데 그렇게 마음의 문을 닫고 있으면 그 사랑마저 찾아왔는지도 모르게 당신의 곁을 스쳐 지나갈 줄도 모른다.

언젠가는 반드시 사랑이 찾아온다는 믿음을 가지고 닫은 마음의 문을 열 수 있으면 좋겠다. 어린 시절 지녔던 그 과감함.

나이가 먹음에 따라 잃어버렸지만 다시 돌아가 보자. 이놈이 저놈이고 저놈이 이놈일 수도 있겠지만 알게 모르게 매번 사랑은 사실 다른 매력으로 다가왔고, 삶의 어떤 의미 같은 걸 가져다주었다.

이별이 두렵겠지만 두려움 없이 얻을 수 있는 건 없다. 사랑을 두려워하지 말고 움츠러든 나의 모습을 두려워했으면 좋겠다.

정이 많아 힘든 당신

○

"사람에게 거리를 둘 줄도 알아야 하는데

그게 잘 안 되는 이들에게."

사람을 떠나보내는 것에 유독 어설픈 사람들이 있다. 바로 사람에게 쉽게 정을 주는 사람들이다.

정이 많은 사람들의 기준을 뭐라고 정확히 말하기는 어렵겠지만 사랑에 깊게 빠지거나 얕게 빠지거나 그런 것들로 정의하는 건 적합하지 않다고 생각한다. 정이 많은 사람들은 인연을 한 번 맺으면 인연이 끝나는 것 자체가 두려워 평생 옆에 있을 사람처럼 옆에 두는 사람들이라고 생각한다. 우리들은 살면서 많은 만남과 이별을 거듭한다. 가족이든 친구든 애인이든 모든 관계에서 말이다. 하지만 정이 많은 사람들은 한 번 본인에게 맺어진 인연은 꼭 영원해야할 것처럼 자신의 가슴 속 깊은 곳에 담는다. 그렇기에 어떤 관계든 이별을 맞이하게 되면 유독 힘들어하곤 한다. 언제 날 떠날지 몰라 벽을 치고 거리를 두고 그런 것 따위 그들은 할 줄 모른다. 그저 온 힘을 다해 자기 삶에 들어온 이 사람을 소중하게 하는 방법만 알 뿐.

나 자신을 위해 인연이 생겼을 때 거리를 두고 벽을 치는 걸 나쁘다고 이야기하는 것은 아니다. 오히려 그들은 언제 생길지 모를 이별의 상처로부터 스스로를 지킬 줄 아는 현명한 이들이다. 하지만 그럼에도 불구하고 더 마음이 가는 이들은 정이 많은 이들이다. 모든 인연에 최선을 다하는 이들. 자신이 아프게 될 수 있다고 하더라도 이 순간 자신 앞의 사람에게 최선을 다 할 줄 아는 이들.

그렇기에 떠나간 인연이 생길 때 누구보다 아파하는 이들. 당신들에게 말하고 싶다. 떠나간 인연에 너무 아파하지 않았으면 좋겠다고. 인연에 거리를 두고 벽을 둠으로써 덜 아파할 수 있는 이들보다 당신들이 현명하지 못한 게 아니라, 그저 당신들은 더 솔직하고 용기 있는 것이라고. 당신 같은 사람들과 인연을 맺고서 떠난 그들이 바보라고. 자신의 전부를 주는 법을 아는 당신 같은 사람을 놓쳤기 때문에. 그러니 차라리 잘 된 것이고, 당신의 그 마음만큼 보답해줄 인연을 찾으라고.

낭장의 상처는 정이 많은 이들이 클 줄 모르겠지만 그들은 언젠가 자신이 주는 마음의 크기만큼 보답하는 인연들을 만나 분명 더 행복할 수 있을 것이다. 그럴만한 자격이 있기 때문이다. 이별의 상처 따위 두려워 않는 그들의 용기를 응원한다. 바보 같다며 주변에서 타박할 수 있겠지만 잊어서는 안 된다. 당신은 바보 같은 게 아니라 누구보다 소중하게 인연을 대하는 사람일 뿐이라는 것을.

새로운 만남은 지겹기만 하다.

반복될수록 예상을 크게 벗어나지 않기 때문이다. 그 반복되는 상황에 우리는 자연스럽게 적응하고 무뎌진다. 근데 왜, 이별은 아무리 많이 반복해도 무뎌지지 않을까. 무수히 많은 만남만큼 이별도 분명 같이 반복하는데, 이 이별이란 작자는 매번 새롭다. 절대 익숙해지지 않는다. 견딜 수 없이 아프기만 하다. 아니 오히려 반복할수록 더 아파진다.

그럼, 그 이별이 두려워서 새로운 만남을 두려워하게 되고, 이별의 아픔에 몸서리치게 될 가능성을 그 자체로 없애버릴 수도 있겠지만, 인간은 늘 그렇듯 같은 실수를 반복한다. 새로운 인연이 다가오면 그 전의 아픔 같은 건 느껴본 적이 없기라도 한 사람처럼 생각이 마비되고, 시야는 한 사람에게만 가게 된다. 온 세상의 기준이 한 사람이 되기라도 한 듯.

사랑의 종말을 맞이하여 아파하고 있는 나도 분명 마찬가지일 것이다. 지금이야 땅을 치며 후회하고, 다시는 사랑하지 않겠다고 속으로 다짐하고 있지만, 막상 그때가 온다면 거부할 수 없는 사랑의 파도에 휩쓸려있을 것이다.

아니 사실, 지금의 나에게 떠나간 너를 만나던 그 순간으로 돌아가면 어떻게 할 것이냐는 질문만 해도 이미 내 대답은 나와 있다. 나는 이 아픔을 다시 겪는다고 해도 너에게 분명 또다시 고백할 것이다. 이 아픔을 고스란히 간직한 채로 과거로 돌아간다고 해도 말이다. 다가올 이별 따위에 아랑곳하지 않고서.

다시는 사랑하지 않겠다는 신세 한탄은 그저 뻔한 '클리셰' 같은 거다. 반드시 다시 한번 더 사랑에 빠지겠다는.

챕터 3

이제는 다시
사랑에 빠질
시간

"한 걸음 나아가는 게 어려웠을 뿐."

존숭한다는 건

○

"나의 단점을

들키는 게 두려워요."

존중이라는 건 있는 그대로의 모습을 받아들이는 행위이다. 겉모습, 성격 더 나아가 단점마저도. 단점마저도 받아들인다는 건 이 사람의 어떤 좋은 모습들을 근거로 함께 한다는 것이 아니다. 어떤 모습을 가지고 있다고 해도 이 사람이기 때문에 괜찮다는 뜻이다. 존중받게 되면 못난 모습을 숨길 필요가 없다. 내가 조금 못났다고 상대방이 바로 나를 버리지는 않을 테니까. 숨 막히게 써오던 가면을 얼마든지 벗어 던져도 된다. 그런 사람과 함께라면.

존중받는 사랑을 하고 싶다. 존중할 수 있는 사람을 만나고 싶다. 나이기 때문에 괜찮다고 말하는 사람이라면 얼마든지 믿고 싶다. 못난 모습마저 안아주는 품에서 웃고 싶다.

먼저 사과했다.
잘못해서가 아니라
우리 관계가 소중해서

○

"미안한다는 말을 아끼지 마세요.

사랑이란 이기기 위해서 하는 게 아니니까요."

미안하다는 말을 아끼지 않는 사람이 좋다. 연인 사이 사과는 잘못했기 때문에 하는 것보다, 서로의 관계를 이어가기 위해서 하는 경우가 많기 때문이다. 미안하다는 말을 아끼지 않는 사람은 자기 자신의 자존심보다 서로의 관계를 소중히 여기는 사람일 것이다. 잘잘못의 여부를 따지기보다 미안하단 말 한 마디로 인해서 개선될 이 관계를 먼저 생각하는 사람일 테니까.

사실 연인 사이 다툼은 감정적으로 이어지는 경우가 많다. 일반적인 경우와 같이 잘못한 사람이 사과를 하고, 화난 사람이 기분을 풀고. 그런 과정으로 잘 이어지지 않는다. 잘못한 쪽이 오히려 적반하장으로 화를 내기도 하고, 사과를 한다고 해도 화를 풀어야 할 사람이 화가 풀리지 않는 경우도 있다. 서로가 서로에게 중요한 존재인 만큼 더 예민하게 반응하기 때문일 것이다. 그저 사과하면 될 일인데 괜한 일에 자존심을 세우느라 사과 한 마디가 어렵기도 하고, 상대방이 기분을 풀어줬음에도 불구하고 쉽게 화가 풀리지 않는다. 더 억지를 부리며 상대방을 상처주기도 한다. 마음은 분명 그게 아닐 텐데.

그러한 상황임에도 상대방이 잘못을 했든, 화가 났든, 도리어 상대방이 잘못한 상황인데도 적반하장으로 화를 내든, 그저 이 소중한 관계를 개선하기 위해서 적극적으로 사과하는 이들이 있다. 물론 머리로는 이게 아니라는 것을 알고 있다. 상대방이 잘못을 했고 지금 본인이 미안하다며 사과할 일이 아니라는 걸 분명 이해하고 있다. 그런 입장임에도 미안하다고 말하는 것은 분명 어려운 일일 수 있다. 하지만 그 순간의 입장이나 자존심 같은 것들은 먼저 사과할 줄 아는 이들에게 중요하지 않다. 함께 미소 지으며 행복하기에도 모자란 이 소중한 순간들이, 사소한 문제로 인해서 얼굴을 붉히며 다투는 순간들로 되는 것이 더 문제일 뿐이다. 그렇기에 기꺼이 먼저 사과한다. 잘못해서가 아니라, 관계가 잘못되는 게 싫어서. 이 소중한 순간 순간이 너무 아까워서.

그런 사람을 곁에 두었다면 절대 놓치지 않았으면 한다. 자기 자신보다 너와 나, 우리를 중요시하는 사람. 그런 사람이라면 진실로 깊숙하게 믿을 수 있을 것이다. 하지만 오히려 상대방이 나를 위해 그런 노력을 다 할 때 그 마음의 소중함을 모르는 사람들도 있다. 호의가 계속되면 권리가 된다고 했던가. 상대방이 정말 잘못해서가 아니라, 관계가 잘못되는 게 싫어서 먼저 하는 사과를 자신의 권리로 알게 되는 것이다. 사과를 할 필요가 없음에도 더 소중한 관계를 지키기 위해 하는 사과는 엄연한 호의일 것이다. 그 마음을 깨닫고, 서로가 더 노력을 해야 할 관계가 연인사이일 것인데, 그것을 자신의 권리로 알고 상대방의 그러한 행동을 당연하게 여기기 시작하며 스스로를 관계의 갑으로 여기게 될 것이다.

잊지 말자. 아무리 연인사이라고 해도 호의는 언제까지 이어질 수 없다는 걸. 먼저 사과하는 건, 자기 자신보다 우리 관계를 아끼기 때문이라는 걸. 아무것도 당연한 건 없다는 걸. 너무 고마운 상대의 마음을 당연하게 여기다 소중한 사람을 놓치는 일이 없기를 바란다. 또한, 당신도 진심으로 누군가를 사랑하게 된다면 상황과 상관없이 먼저 사과해라. 잘못해서 하는 사과가 아니라, 우리가 잘못되는 게 싫어서 하는 사과를.

호의가 계속 되면 권리인 줄 안다. 연인 사이에 있어서 관계를 이어가기 위해 한 쪽이 하는 일방적인 희생조차 말이다. 연인 사이를 이어가기 위해서는 한 쪽의 노력만으로는 힘들다. 분명 서로 같이 노력해야 할 일들임에도 한 쪽만 일방적으로 노력하고 희생하는 경우가 있다. 잘 되지 않는 연락을 하염없이 기다린다든가, 서로 다툼이 생겼을 때 그 다툼을 풀기 위해서 일방적으로 사과를 한다든가.

함께 해야 할 노력을 한 명만 하고 있는 것이니 이것은 분명한 호의이며 더 나아가 그 관계를 위해 희생하는 것에 가까울 것이다.

그런 일들이 반복될수록 관계는 망가져가기 시작한다. 호의를 보이는 사람은 흔히 말하는 '호구' 취급을 받게 되기 시작하고, 그 호의를 받아들이는 사람은 어느 순간부터 그것을 자신의 권리로 받아들이기 시작하게 된다. 한 명은 지쳐갈 것이고, 한 명은 관계가 망가져가는 것조차 알아차리지 못하고 있을 것이다. 그렇게 이별은 서서히 다가온다. 하지만 그때 거꾸로 상대방이 한 쪽의 호의를 알아차리고 그것을 권리로 여기는 것이 아닌, 자신 또한 이 관계에 최선을 다해야 할 고마움으로 여기는 사람 또한 있다.

상대방이 나를 위해 얼마나 희생하는지, 얼마나 이 관계를 지켜가기 위해서 홀로 고군분투했는지를 알아차리며 사신 또한 그만큼 노력해야 한다고 생각하는 사람. 한 명의 일방적인 노력이 서로의 노력으로 발전하는 그런 순간이 오게 되는 것이다.

호의를 자신의 권리로 받아들이는 것이 아니라, 자신 또한 그만큼의 노력을 해야 할 고마운 마음으로 알아차리는 사람이라면 얼마든지 더 그런 호의를 보여도 될 것이다. 결국 그만큼 자신에게 돌아올 테니까. 사랑하는 사람에게는 얼마든지 희생해도, 그만큼 다시 돌아오는 그런 사람과 사랑을 할 수 있기를 바란다. 그것을 자신의 권리로 아는 사람이라면 주저 없이 이별할 줄 알기를 바란다.

당신 또한 누군가가 당신에게 희생하며 노력할 때 그것을 깨닫고 돌려줄 수 있는 사람이 될 수 있기를 바란다.

사람은 쉽게 변하지 않지만
사랑은 사람을 변하게
하기도 한다

○

"정말 사람은
고쳐 쓰는 것이 아닐까요?"

나는 개인적으로 '사람은 고쳐 쓰는 것 아니다'라는 말을 굉장히 싫어한다. 이 말은 보통 변해가는 애인을 바라보며 이 관계를 이어가야 할지 말아야 할지, 혹은 어떤 문제 때문에 이별했던 사람과 재회를 할지 말지 고민을 하는 그런 상황 속에서 많이 쓰인다. 즉, 사람은 변하지 않고, 상대방의 부정적인 면모는 시간이 갈수록 더 심하게 보이기만 할 것이니, 관계를 끊어내는 것이 좋다는 의미로 넓게 쓰이는 말이다. 하지만 나는 극단적인 경우, 데이트 폭력이나 상습적으로 상대방이 바람을 피우는 등등의 경우를 제외하고는 분명 사람은 변할 수 있다고 믿는다. 그래서 저 말이 진리처럼 여겨지는 것을 싫어하는 거다.

연애에 대한 이야기가 이어질 때면 빠짐없이 나오는 말이기도 하다. 만남을 이어가고 있는 사람과의 관계에 대해 고민하고 있는 사람이 있다면 그 상황에 대한 고민을 해보고 어떻게 해야 할지를 이야기해야하는 것이 맞을 텐데 모든 과정을 생략하고 단 한 마디, '사람은 고쳐 쓰는 것 아니다'라는 말로 관계의 끝을 암시하며 대화가 이어지곤 한다. 이 말은 언제부턴가 유행어가 돼가고 있는 것 같다. 사랑의 무게감이 많이 가벼워졌기 때문일까. 물론 사랑이라는 것이 굉장히 심오하고 무게 있기 때문에 한 번 시작하면 그것을 이어가기 위해 노력해야 되는 거라고 생각하기 때문에 하는 말은 아니다. 얼마든지 사랑을 시작하고, 얼마든지 사랑을 끝내도 된다. 하지만 '사람은 고쳐 쓰는 것 아니다'라는 말이 흡사 100% 확실한 진실처럼 퍼지면서, 얼마든지 서로의 노력으로 더 변할 수 있고 좋은 관계로 발전할 수 있는 사이마저도 한 번의 문제로 인해 절대 개선될 수 없을 것처럼 여겨지며 끝나는 것이 아쉬울 뿐이다.

사람은 변하지 않을 거라는 믿음조차도, 쉽게 만나고 쉽게 이별하는 과정들이 반복되며 사랑에 대한 기대 자체가 옅어졌기 때문에 생긴 일종의 유행이라고 생각한다. 하지만 나는 확신한다. 그런 와중에도 분명 당신과의 사랑으로 인해 변해갈 사람은 있을 것이라고. 사람은 고쳐 쓸 수 없어도, 사랑은 그러한 사람마저 변하게 만들기도 하기 때문이다. 얼굴에 웃음기라고는 찾아볼 수 없던 무뚝뚝한 사람이 사랑에 빠지면 온종일 무슨 일이 있는 것처럼 미소가 얼굴에서 떠나지도 않기도 하고 요리를 하는 것이 귀찮아 무언가를 사먹기만 하던 사람이 사랑하는 사람을 위해 하루도 빼지 않고 맛있는 음식을 준비하기도 한다.

사람을 못 믿겠다면 사랑을 한번 믿어보는 건 어떨까.

언제부터였을까. 이토록 사람을 믿지 못하게 된 것이. 열 번 중 아홉 번을 잘 한다고 해도 단 한 번 부정적인 모습을 보이면 그 사람을 밀어냈다. 한때는 나도 사랑에 열정이란 것이 있었던 것 같은데. 나와 잘 맞는 구석이라고는 하나도 없는 사람이라고 해도 그저 사랑이라는 감정 하나만 있다면 괜찮았다. 힘들어도 조금 괴로워도 우리는 사랑하니까.

세상의 모든 사람들은 다 다르기 때문에 처음부터 잘 맞을 수는 없다고, 함께 맞추어가며 더 가까워져가는 것이고 그 시간이 길어질수록 우리는 서로 더 닮아갈 것이라고. 힘든 시간을 함께 견딘 만큼 유대감은 더욱 단단해질 것이고 그 앞에는 행복한 우리가 있을 것이라고 생각했기 때문에 뭐든 상관없었다.

다른 삶을 살아왔기 때문에 생기는 불협화음 같은 건 그저 나에게 건너가야 할 과정에 불과했다. 하지만 그 끝에 나에게 돌아온 것은 늘 우리는 맞지 않는다며 그만 하자는 차가운 말들이었다. 나로서는 이해할 수가 없었다. 세상의 모든 사람들은 그토록 다를 텐데. 그렇기에 서로의 모자람을 인정하고 함께 맞추어가는 것, 그것이 바로 사랑의 과정 그 자체일 텐데. 몇 번의 실패를 겪고 사랑이라는 열정의 불씨가 다 꺼져갈 즈음, 그 끝에 도달한 결론은 하나였다.

누군가가 누군가를 바꾸려 하는 것은 불가능한 일이라고. 사람은 변하지 않을 것이라고.

사랑의 완성을 위해 불씨를 활활 태우던 누군가도 시간이 지나면 그 불이 꺼지기 마련이었다. 그리고 함께 하기 위해 서로를 위한 변화를 맞이할 수 있다는 믿음보다 사람은 결코 변하지 않을 것이라는 믿음이 더 간편했다. 그냥 그렇게 늘 누군가를 떠나보내기만 하면 됐으니까. 믿음을 갖고 서로의 눈을 바라보며 함께 하는 노력 같은 건 필요 없었다. 그저 일방적으로 떠나보내거나 혹은 떠나가면 그만이었다. 믿는 것보다 믿지 않는 것이 이토록 더 쉽다는 걸 깨달으니 믿음은 더 이상 필요가 없어졌다. 힘들고, 괴롭기만 한 것이니.

그렇게 인연을 떠나보내는 것에 익숙해졌지만 마음 한 구석에서는 사랑의 열정을 갖고 있던 시절이 그립기도 했다. 누군가를 믿을 수 있던 때가 그립기도 했다.

변하는 것은 없고 쉽게 떠나보내는 것이 간편하고 믿지 않는 것이 나를 위한 것이라고 생각하게 됐지만 동시에 이렇게 허무하기만 한 것이 분명 전부는 아닐 거라는 생각 또한 늘 마음 한편을 떠나지 않았다. 만약 그때 그 열정이 사그라지지 않았다면 지금 내 옆에는 누가 있었을까. 혹시 내 식어버린 열정 때문에 곁에 머물러 있어야 할 인연조차 떠나가게 만든 것은 아닐까 라는 생각이 들기도 했다. 나를 위한다는 핑계로 쉽고 편한 마음의 태도를 선택했지만 과정만이 간편했을 뿐 그 결과는 너무 쓸쓸할 뿐이었다.

사랑이란 무엇일까. 좋은 것일까. 값진 것일까. 빛나는 것일까. 그 누구도 사랑을 나쁜 것이라고 생각하지는 않을 것이다. 개개인의 정의는 모두 다르겠지만 모두가 추구하고 갖고 싶어하는 것이다. 그리고 값지고 빛나는 것은 늘 쟁취하기 어려운 법이다. 쉽게 쟁취할 수 있는 것이라면 가치 있는 것이 아니었을 것이다.

그 힘든 과정을 거치고 얻어냈을 때 비로소 내 손 안에서 그 가치를 빛내며 있게 되는 것이다.

너무 다른 우리들. 이 세상에 퍼즐조각처럼 나와 딱 들어맞게 태어난 인간 같은 건 없다. 우린 모두가 너무 다르다. 그나마 나와 비슷한 인간을 찾아 헤맬 뿐. 그리고 그 끝에 나와 아주 비슷하다고 생각이 드는 사람을 찾게 되도 면밀히 들여다보면 결국 다른 부분을 찾을 수 있게 된다. 하물며 연인 사이라면 그 작은 사소한 차이점이라고 하더라도 문제점으로 이어지기도 한다. 그때 그 문제를 함께 해결하고 이겨내고자 하는 사람이 아니라면 그건 사랑이 아닐 것이다. 아무 노력 없이 사랑을 쟁취하고자 하는 것은 무전취식과 다를 바가 없다. 하지만 그때 그 사랑에 도달하고자 함께 극복하고 해결하고 나아가고자 한다면 그것은 사랑일지도 모른다. 아직 도달하진 못했고 이제 도달하기 위해 한 발자국을 나선 것뿐이겠지만 사랑에 도달할 준비를 시작한 것이다.

함께 사랑에 도달할 사람을 만나지 못해 매번 꺾여버린 당신의 마음. 그것은 사랑이 틀린 것이 아니라, 당신을 스쳐지나간 그 사람들이 틀린 것이다. 함께 고통을 이겨내며 결국 사랑에 도달하는 이들이 얼마나 아름답던가. 그러니 사랑에 도달할 자격이 없는 자들이 당신의 삶을 거쳐 갔다고 해서 당신까지 꺾여서는 안 된다. 당신이 해야 할 것은 그러한 이들의 모습을 보며 똑같은 모습으로 꺾여버리는 게 아니라, 당신과 함께 기꺼이 그 고통들을 감내하며 사랑의 정상에서 기분 좋은 바람을 맞을 누군가를 찾아나서는 것이다.

당신이 능동적인 사랑을
했으면 좋겠어요

○

"이제는 당신이 사랑을
찾아나갈 시간입니다."

혹시 항상 수동적인 연애만 하고 있지는 않으신가요? 누군가가 나를 마음에 들어하면 수동적으로 따라가 연애를 시작하고, 상대방이 마음이 떠나면 그에 맞추어 자연스럽게 사랑을 끝내는 그런 사랑이요. 오는 사람 안 막고 가는 사람 안 붙잡는 그런 태도로 말이에요. 크게 잘못된 건 없어요. 누구에게 상처를 준 것도, 스스로에게 그렇게 못된 짓을 한 것도 아니니까요. 하지만 어딘가 조금은 아쉽지 않으세요? 분명 내가 생각하던 사랑은 이런 게 아닐 텐데, 그저 그렇게 누군가가 나의 삶을 공유하고자할 때 문을 열어두고, 나가려고 하면 그저 들어온 그 문으로 나가면 된다고 하는 그런, 조금은 허무맹랑한 것이 사랑은 아니라고 생각이 들지는 않으신가요?

저는 그보다 당신이 조금 더 능동적인 사랑을 했으면 좋겠어요. 원하는 사랑을 시작하고 혹시 상대방의 마음이 떠났다고 해도 스스로의 마음은 여전하다면 상대방이 옆에 머무르길 바라며 마음을 표현할 수 있는 그런 사랑 말이에요.

수동적인 사랑만 하던 당신은 어쩌면 그런 수동적인 태도 때문에 금방 사랑이 끝났을지도 몰라요. 누군가와 함께 오랜 시간 인연을 이어가고 싶다면 본인 또한 상대방에게 다가갈 줄 알아야하기 때문이에요. 이 마음은 당신이 나를 사랑하기 때문에 나 또한 건네는 마음이 아니라, 내가 원해서 당신에게 건네는 마음임을 보여줘야 한다고 생각한답니다. 내가 사랑을 줘야만 이 사람이 나에게 사랑을 건네는구나. 이런 마음이 느껴지게 하는 수동적인 태도가 아니라, 이 사람 또한 적극적으로 나를 사랑하는구나. 느껴질 수 있도록 말이에요.

누군가가 건네는 마음에 휘둘리며 사랑하기보다, 능동적으로 그리고 적극적으로 당신이 원하는 사랑을 할 수 있기를 바라요.

"용기 있는 자가 사랑을 쟁취한다.

너무 뻔한 말이지만

오히려 너무 뻔한 말이라

쉽게 잊고 사는 말이기도 합니다."

사랑이 끝나고 울어봤다면

○

"시간은 약이 아니다. 시간이 지난다고 해결되지 않는다.
시간이 지나 성숙해진 당신이 아픔을 치유한다."

이별의 고통은 정말 크다.

한 사람과 함께 했던 기억들이 날 괴롭히기도 하고, 내 일상을 챙겨주던 사람. 잠은 잘 잤는지, 밥은 먹었는지, 어디 아프지는 않은지. 작은 일상부터 커다란 인생의 신호들까지도 함께 공유하던 그런 사람이 사라졌기 때문에 생기는 삶의 크나큰 공백이 나를 아프게 한다.

함께 먹던 밥을 혼자 먹는 건 밥을 먹는 것이 아니라 외로움을 먹는 일과도 같다. 함께 걷던 거리를 혼자 걷는 일은 추억 속을 걷는 일이기도 하다. 이별은 그렇게 많은 것들을 바꾼다.

이별의 고통은 그저 한 사람이 내 인생에서 사라졌음을 의미하지만은 않는다. 그처럼 많은 것들이 변하기 때문에 단순하게 그 사람을 만나기 전의 삶으로 돌아가는 것이 아니라, 그 사람으로부터 익숙해진 내 삶을 혼자가 익숙한 삶으로 적응해야 하는 크나큰 고통을 의미한다. 모두가 이별 후에 죽을 만큼 아파하는 이유다.

이별에 아파하는 이들에게 말하고 싶다.

그 고통 때문에 죽을 만큼 힘들겠지만, 나 자신을 잃어버릴 만큼 아프겠지만 그래도 스스로를 놓지 않았으면 좋겠다고. 누군가의 연인이었던 자기 자신이겠지만 그래도 그 사람의 애인이었기 전에 나는 나 그 자체였다고. 사랑했던 그 사람이 아무리 소중하다지만 그 소중한 사람보다 소중한 것이 바로 자기 자신이라고.

소중한 사람을 잃은 고통에 너무 아프겠지만, 그보다 소중한 나 자신이 그렇게 많이 아파서는 안 된다고 말이다.

이별의 고통을 완벽하게 이겨낼 수 있는 방법 같은 건 없을 것이다. 이 글을 읽는다고 아팠던 마음이 마법처럼 치유되고 괜찮아질 일도 없을 것이다.

하지만 그 소중한 사람을 잃은 고통이 크다는 걸 알고 있다고 해도 그 소중한 사람보다 더 소중한 나 자신을 잃으면 안 된다는 것을 깨닫기를 바란다.

어떤 고통의 순간이 와도, 외로운 순간이 와도, 모두가 나에게 등을 돌려도, 평생을 함께 할 것 같았던 사람이 곁을 떠나도 나 자신은 언제까지나 내 곁에 남아있어 줄 것이고, 내 편이 돼 줘야 할 것이다.

많은 것을 잃었겠지만 모든 것을 잃지는 않았다. 꽃이 바싹 말라도 아름다운 이유 또한 그것 때문이다. 사랑이 곁을 떠남으로써 옆자리는 허전하고 공허하겠지만 지나온 시간만큼 추억이라는 이름의 아름다운 조각들이 생겨났다. 고통스럽지만 동시에 떠올리는 것만으로 미소가 나오게 하는 그런 기억들. 시간이 해결해주지는 않을 것이다. 대신 시간이 흐름에 따라 아팠던 만큼 성장한 당신이 거기에 있다.

이별의 아픔만 남았다고 생각했는데 성장한 나 또한 있다. 성장한 만큼 괜찮아진다. 그리고 그 무렵 새로운 사랑이 찾아온다. 당신이 자란 만큼 더 성숙한 사랑과 함께.

을의 연애

○

"너무 힘들지만 사랑 하나 때문에

헤어지지 못하고 있는 당신에게."

사랑하는 사이에 누가 더 좋아하고 누가 덜 좋아하는지 정하는 일은 유치한 일인지도 모르겠다. 연애를 이어가는 사이에 사랑이라는 것은 각자의 개개인의 역할이 아니라 함께 해나가야 할 연애의 원동력 같은 거니까. 하지만 애석하게도 현실은 그렇지 못하다. 사람의 마음은 크기를 잴 수 없다. 정확하게 나누기도 어렵다. 그렇다보니 자연스럽게 어느 한 쪽의 마음의 크기가 더 커지게 된다. 한 명이 더 사랑하게 됨으로써 생기는 문제가 없다면 그만이지만, 문제는 한 명이 더 좋아하게 됨으로써 사랑의 갑과 을이 나눠지게 된다는 것이다.

사랑의 갑과 을이 나눠지게 되면 을이 일방적으로 참고 견디는 경우가 될 때가 많다. 예를 들어 갑의 연락이 느리고, 을은 갑의 그러한 부분이 힘들다고 느낀다. 그리고 그러한 부분에 대한 불만을 토로하지만 잘 고쳐지지 않는다. 그것이 반복됨에 따라 힘들다면 연애를 그만두면 되겠지만 사랑이 너무 큰 탓에 그러기도 어렵다. 그러한 문제들로 받는 스트레스보다 사랑이 너무 큰 탓에 이별이 더 힘들 걸 알기 때문에 본인이 자처해서 괴로움을 참게 되기 시작한다. 즉 포기하고 싶어도 더 사랑하는 마음 하나 때문에 포기하지 못하는 연애가 되는 것이다. 괴로움을 호소하며 고쳐주기를 바란다고 해도 잘 고쳐지시 않는다. 갑은 알고 있기 때문이다. 을의 마음이 더 크고, 을은 자신의 곁을 떠나지 못한다는 걸. 그렇게 악순환이 시작된다.

즉 힘들지만 사랑 때문에 상대방을 놓지 못하면 못할수록 상대방은 그것을 알고 더욱 더 상대방을 배려하지 않으며 행동하게 되는 것이다. 사랑의 갑질이라고 볼 수 있다. 여기서 하고 싶은 말은, 오히려 너무 사랑하기 때문에 놓지 못하는 것이라면 그 선택이 잘못됐다는 것이다. 오히려 사랑하기 때문에 놓을 수 있어야 한다고 나는 생각한다. 사랑하기 때문에 이 관계를 진실로 오래도록 이어가고 싶다면 지금 이 순간 참아가며 관계를 악화시킬 것이 아니라 이 관계를 진실로 개선시킬 줄 알아야 한다. 그렇게 하기 위해서 과감히 상대방을 놓을 수 있어야 한다. 헤어지기 위해서가 아니라 관계의 개선을 위해서. 너 또한 이 소중한 사랑을 이어가기 위해서는 노력할 수 있어야 한다는 메세지를 전달하기 위해서. 상대방을 자신의 입맛대로 맞추기 위해서 이별을 이야기하는 것은 분명한 문제가 될 수 있지만 충분한 희생을 했다면, 오히려 그것을 상대방이 그러한 희생을 악용하기 때문에 내린 결단이라면 전혀 문제가 되지 않는다. 더 좋은 방향으로 나아갈 수 있는 수단이 될 수 있기 때문이다.

물론 두려울 것이다. 그러다가 진짜 이별이 다가올지도 모르니까. 하지만 언제까지고 사랑의 을을 자처하며 그렇게 끌려 다니기만 할 수는 없다. 위험을 감수하더라도 이 사랑을 본인 또한 놓을 수 있는 모습을 보임으로써 상대방 또한 개선될 수 있도록 방향을 제시해야한다. 원래 변화는 어려운 일이다. 아무 결단 없이는 일어나지 않는다. 그 변화가 두려워 자신의 고통을 방치한다면 그것은 나 자신에게 몹쓸 짓이다. 관계를 이어가는 것도, 이별하지 않는 것도 중요하지만 소중한 나를 지키는 것도 그만큼이나 중요한 일이기 때문이다.

지금 당장 이 순간을 넘어가면 나중에 좋은 모습으로 변하지는 않을까. 혹시나 결단을 내렸다가 진짜 이별로 이어지지는 않을까. 두려울 것을 잘 안다. 하지만 그렇게 떠나갈 사람이라면 차라리 잘 떠나보냈다며 훌훌 털고 일어서면 된다. 진짜 상대방 또한 당신을 사랑했지만 그 순간 당신의 행동을 보며 갑질을 자처했던 거라면 분명 변할 수 있을 것이다. 때로는 결단이 당신을 더 좋은 방향으로 이끌 것이라고 굳게 믿어 의심치 않는다.

아무리 힘들어도 버티며 사랑했다. 사랑은 그런 거라고 생각했으니까. 이해하는 것. 용서하는 것. 내가 힘든 건 중요하지 않았다. 사랑하니까. 사랑한다면 아파도 함께 해야 하니까. 내가 망가진다고 해도 사랑하기 때문에 전부 괜찮다고 생각했다. 그리고 언젠가는 반드시 보답 받을 수 있을 거라고 생각했으니까. 마음을 건네는 것만큼 받을 수 있을 것이라고 생각했으니까.

기약 없이 건네는 사랑은 조금 아팠지만 그래도 당신이 옆에 있어준다는 사실 하나만으로도 나는 버틸 수 있었으니까.

시간이 흐르고 느낀 건, 모든 마음에는 크기가 있다는 것이었다. 당신을 향한 내 사랑은 분명 컸지만 나는 그보다 고통스러워하고 있었다. 사랑보다 고통이 더 컸다. 이 사랑을 이어가기 위해서 [견뎌야 하는] 고통의 크기가 사랑보다 컸다. 오직 사랑만이 내가 살아가는 이유라고 생각했기에 다른 내 마음들을 돌아보지 않았다. 그래서 몰랐다. 내가 이토록이나 아파하고 있는지. 얼마나 스스로를 외로움의 절벽으로 내밀고 있는지.

나는 이제 더 이상 사랑보다 큰 고통을 견디며 사랑하지 않는다. 아프지 않은 사랑을 한다. 너무 아픈 사랑은 사랑이 아니었음을 깨달았다. 사랑이 최고의 가치라고 생각했지만 사랑 또한 내가 느끼는 여러 감정들 중 하나일 뿐이었다. 다른 모든 것을 포기해가며 사랑 하나만을 위해 살아갈 필요가 없었다.

언제 올지 모르는 버스를 기다리는 것만큼 시간이 느리게 가는 건 없다. 우리가 버스를 기다릴 수 있는 이유는 그 버스가 언제 오는지 알기 때문이다. 언제 보답 받을지 모르는 사랑을 건네기만 하며 고통을 견딜 필요는 없다. 내가 건넨 만큼 사랑의 보답을 할 사람은 어딘가에 반드시 있기 때문에. 이 사람이 당신의 전부일 것 같겠지만 아니다. 새롭게 당신의 전부가 돼줄 사람 또한 반드시 어딘가에 있다.

기약 없는 기다림에 익숙해지며 스스로를 괴롭히지 말자. 도착할 시간이 분명한 사랑을 기다리며 설레는 마음을 가질 수 있기를 바란다.

헤어질 각오로 연애하세요

○

"이별이 찾아오는 게
두렵기만 하다면.

언젠가 텔레비전에서 이런 말을 본 적이 있다. “이혼할 수 있을 때 결혼을 한다.” 어렸을 때는 도저히 이해가 안 갔던 말이다. 평생을 함께 할 마음으로 결혼하는 것일 텐데 이혼할 수 있을 때 결혼한다니. 연애를 시작하는 것에서만 생각해도 이별을 생각하며 시작하지는 않을 텐데 하물며 결혼을 끝낼 수 있는 마음으로 시작한다니.

하지만 나이를 먹고 많은 사람들을 만나본 지금, 이제는 그 말이 전혀 다르게 들린다. 완벽하게 이해할 수는 없지만 무슨 말인 줄은 알겠다. 매번 끝나지 않기를 바라며 시작했던 연애는 결국 끝나기 마련이었고 기대와 현실이 다른 만큼 더 힘들었다. 이별 없이 오랜 시간을 함께 하기를 바랐지만 결국에는 혼자 남았다. 원래 우리를 가장 힘들게 만드는 건 현실보다도 기대인 것 같다. 현실은 어떻게든 견딜 수 있지만 기대했던 미래와 현실이 다른 건 너무 이질감이 느껴져 견디기 어려웠으니까. 그렇기에 이제는 조금 이해된다. 이혼할 수 있을 때 결혼한다는 말. 헤어질 수 있을 때 사랑한다는 말. 영원히 함께 할 미래 같은 걸 굳이 기대하지 않아도 그저 이 사람과 함께 사랑에 빠지는 것만으로 값어치 있다고 꼭 오랜 시간을 함께 하는 것이 아니라고 해도 그 자체로 값어치 있다고 생각할 수 있게 되는 그 순간 사랑에 빠지겠다고.

왜 꼭 우리들은 사랑에 빠지면 오래 오래 함께 해야만 한다고 생각하는 걸까. 짧은 시간만 사랑에 빠지면 그 사랑은 의미가 없다는 것처럼 말이다. 얼마나 오랜 시간을 만나야만 값어치가 있던 사랑인 거고 얼마나 짧게 만나면 값어치가 없는 사랑인 걸까. 사실 그런 건 전혀 중요한 게 아닌데 말이다. 얼마나 만났냐보다 어느 감정으로 사랑했고 어떤 모습으로 서로에게 기억될 수 있는지 그리고 함께 할 때 서로가 서로를 얼마나 발전시켜주는 관계였는지. 그런 게 중요할 텐데 말이다.

그때 TV에서 나온 '이혼할 수 있을 때 결혼한다'는 말은, 처음부터 그 관계가 끝날 것을 짐작하고 인연을 시작한다는 것은 아니라고 생각한다. 시작부터 영원할 것을 기대하며 관계를 이어가는 것이 아니라, 나중에 이 관계가 어떻게 될지를 고민하며 함께 하는 것이 아니라, 매 순간순간에 집중할 수 있을 때 관계를 시작한다는 의미일 것이다. 오지도 않은 미래에 관계가 끝날지 아니면 여전히 지속될지 고민하는 것은 아무 의미도 없다고. 그 시간에 어떤 형태로 관계가 남아있든 지금 이 시간 이 순간에 너무 눈부시게 빛나는 우리들의 모습에 집중할 수 있는 그런 마음가짐으로 말이다.

얼마든지 이별할 수 있을 때 사랑에 빠지자. 이별 따위 아무 상관없으니 이 순간 소중한 추억으로 남을 수 있도록. 후회 같은 건 하지 않을 수 있도록.

사람의 일, 인사

○

"웃는 얼굴로 건넨 인사나 사소한
고마움의 표현들이 주는 호감에 대하여."

첫인상이 좋은 사람에 관한 이야기를 할 때면 나는 곧장 인사를 잘하는 사람이라고 대답한다.

꼭 처음 만났을 때 하는 '안녕'만을 말하는 건 아니다. 반가움을 말하고, 고마움을 표현하고, 안부를 이야기하는 그 모든 일들.

인사의 사전적 의미 또한 그렇다. '마주 대하거나 헤어질 때에 예를 표함', '입은 은혜를 갚거나 예의를 차림' 등등, 인사는 우리가 좀 더 직관적으로 이해하고 있는 '안녕'보다 깊은 뜻을 가지고 있다.

인사의 한자 또한 사람 '인'자에 일 '사'자를 쓰고 있는데 직

역하자면 '사람의 일'이라는 뜻이다. 즉 우리가 사람으로서 기본적으로 해야 할 일이라는 것이다.

반가움을 표현하고, 고마움을 이야기하는 것. 당연한 것들이라고 여겨지겠지만 우리는 생각하는 것보다 그에 적극적이지 못하다.

자존심 때문일 수도 있고 부끄러움 때문일 수도 있고 표현을 잘 못하는 성격이라서 그럴 수도 있다. 어쩌면 그래서 환한 얼굴로 반가움을 표현하고 자그마한 것에 감사함을 이야기하는 사람에게 더 호감을 느끼는 건지도 모른다.

누군가에게 좋은 사람으로 보이기 위해 필요한 건 거창한 일들이 아니다. 오히려 이런 아주 기본적인 것을 잘 지키는 사람에게 호감이 가는 법이다.

인사를 한다는 것, 사실은 자그마한 내 감정들을 더 솔직하게 표현하는 일이다. 반가움을 반가운 만큼 표현하고 고마운 것들을 놓치지 않고 고맙다고 하는 일. 헤어질 때 잘 지내기를 바라는 마음을 전하는 일.

사실 우리 모두는 외롭고, 늘 누군가의 마음이 고프다. 그래서 작은 마음들도 표현해주는 사람에게 더 큰 정을 품곤 한다.

작은 마음들이 쌓여서 큰 마음이 되고 그때 비로소 우리도 외롭지 않게 될 수 있으니까.

누구를 만나느냐에 따라
나 또한 변한다

○

"누군가가 그랬죠. 연애를 하면서 변해가는
내 모습이 마음에 들어야 진짜 사랑이라고."

어떤 사람을 만나 연애를 하는가는 굉장히 중요하다. 그 사람이 가지고 있는 가치관들이 나의 삶에도 고스란히 스며들기 때문이다. 그렇기에 어떤 사람을 만났느냐에 따라서 나도 그리고 상대방도 많은 것들이 달라지곤 한다.

다정한 사람을 만나 곁에 머물면 나 또한 알게 모르게 다정함이 몸에 스며든다. 단 것을 전혀 못 먹던 사람이 단 음식을 좋아하는 사람을 만나 달콤함에 빠지기도 하고 몰랐던 즐거움을 알게 되기도 한다. 비가 오는 날은 우중충하다며 울적함에 빠지기 바빴는데 비가 오는 날을 좋아하는 사람을 만나 썩 운치가 있다며 창밖을 멍하니 바라볼 수 있는 여유로움 또한 선사해주게 된다. 나와 전혀 다른 삶을 살아온 사람을 만나고 그 사람이 나의 소중한 사람이 된다는 건 그렇게 내가 몰랐던 즐거움을 알려주기도 하고 가져보지 못했던 마음의 단편들을 가르쳐주기도 하는 것이다. 서로가 서로에게 커다란 영향을 미치며 변화하고 그리고 함께 성장한다. 사랑을 하며 성장하기도 한다. 마음이 좁아 이해하지 못했던 것들을 사랑이라는 마음을 원동력 삼아서 이해할 수 있는 사람이 되기도 한다. 이처럼 누군가를 만나 사랑에 빠지는 것은 내 삶의 크나큰 변화를 줌으로써 나라는 사람을 통째로 바꿔놓는 것이다.

하지만 반대로 부정적인 변화를 맞이하기도 한다. 마음이 넓어 어떤 상대방의 모습이라도 받아들이던 사람도, 자신과 맞지 않는다며 하나하나 지적하는 상대방의 모습을 보며 본인 또한 그런 사람이 되기도 한다. 자신에게만 그렇게 엄격한 잣대가 적용되는 걸 견디기 어렵기 때문에 일방적으로 당할 바에야 똑같이 행동하는 것이다. 그렇게 부정적인 모습마저 닮아가는 것이고. 언성이라고는 올릴 줄 몰랐던 사람이 자신의 화를 못 이겨 매번 언성을 높이는 사람 앞에 서게 되면 같은 볼륨으로 이야기를 하게 되기도 한다. 상대방의 목소리가 클수록 자신의 목소리는 묻혀버리기 마련이기에 어쩔 수 없이. 이러한 것들을 무조건적인 부정적인 변화로 보는 것은 또 틀린 시선일 수도 있다. 중요한 것은 변해가는 스스로의 마음이 내 마음에 드냐 혹은 들지 않느냐의 문제일 테니까. 하지만 무슨 이야기든 작고 힘 있게 말하던 사람이 상대방의 언성이 올라감에 따라 자신도 모르게 함께 목소리가 커지는 일을 좋아하기는 어려울 것이다.

이처럼 연애란 단순하게 호감이라는 감정을 바탕으로 함께 하는 시간을 즐기는 여흥거리에서 그치는 것이 아니라 서로의 인생에 막대한 영향을 미치는 것이다. 그렇기에 누구를 만나느냐 하는가가 굉장히 중요한 것이고. 그렇기 때문에 사랑에 빠질 때, 그 감정에는 속수무책으로 빠져들지만 이 사람의 곁에 있음으로써 내가 어떤 모습으로 변해갈 수 있는 사람인지에 대해서는 한 번 고민해봤으면 좋겠다. 매번의 사랑이 발전적이고 서로의 성장을 이끌어내 줄 수는 없겠지만 일생에 몇 번이고 그런 사람은 반드시 찾아온다. 내가 차마 돌아보지 못했던 풍경을 돌아보며 내가 몰랐던 세상을 알게 해줄 사람. 어디로 가야할지 몰라 헤매다가 내 인생에 불쑥 들어온 사람이 어디로 가야할지를 알려주기도 한다.

사랑에 빠지자. 함께 손을 마주잡고 걷자. 그리고 서로가 봐왔던 풍경을 다정한 목소리로 알려주자. 원래 가려던 길과 조금 방향이 다를 수 있다. 근데 이 사람 때문에 더 좋은 길을 알게 됐다고 생각할 수 있는 그런 사람의 곁에 머물자. 그런 사람과 함께라면 혹여나 훗날 이별한다고 해도, 이 사람 때문에 내 삶이 달라졌다고. 알 수 없던 삶의 풍경을 알게 해줬다고. 그 사람을 만나기 전과 다르게 세상을 본다고. 그 달라진 나의 모습 안에 그 사람은 여전히 머물고 있는 것일지도 모른다고. 사랑은 끝났지만 내 삶에 머물다 간 아주 소중한 사람이었다고 떠올릴 수 있을 테니까.

비가 오는 날은 우울하다고 말했다. 당신은 운치가 있는 것이라고 말했다.

그날 이후로 비가 오는 날은 운치가 있는 날이라고 생각하게 됐다. 집에 있는 게 제일 좋다고 생각했다. 몸이 편하니까. 당신은 멀리 떠나는 게 좋다고 했다. 몸은 조금 힘들지 몰라도 다녀오면 하루가 의미 있어진다며. 그때부터 온종일을 집에서 있던 날은 조금 허무하다고 느껴졌다.

당신과 어디를 다녀오면 몸은 힘들었지만 추억이 쌓였다. 쉬는 날이면 집에만 있고 싶다던 내가 어느 순간부터 당신에게 조르며 어딘가를 놀러 가자고 하기 바빠졌다. 카페를 가면 단 음료만 먹던 나였다. 당신은 따듯한 차를 즐겨 먹었다. 따스한 음료를 무슨 맛으로 먹냐고 했지만 당신을 따라 먹어보았다. 따듯한 온도의 차는 나를 차분하게 만들어줬다.

삶에 놓치고 살던 풍경들이 있다. 내가 선택하지 않은 길에는 무엇들이 있을까 궁금해한 적도 없다. 당신 때문에 그 길을 걷고 있고 모르던 것들을 알게 됐다. 더 좋은 사람이 됐는지는 모르겠지만 당신 때문에 변한 나의 모습이 난 좋다. 비를 보며 운치가 있다 생각하는 내가 좋다. 따듯한 차 한 잔을 즐길 수 있게 된 내가 좋다. 어딘가로 훌쩍 떠날 수 있게 된 내가 좋다.

아마 당신이 곁을 떠나도 변한 내 모습은 여전할 것이다. 그리고 그때마다 당신이 떠오르겠지. 당신이 떠난 뒤 남은 당신의 모습들을 나 자신으로부터 찾아보며 슬퍼하고 싶지 않다. 함께 하면서 나에게 나도 몰랐던 나의 모습을 알려준 당신이라면 언제든 곁에 머물렀으면 좋겠다.

슬퍼한 만큼 성장할 수 있다

○

"혹시 슬픔으로부터 도망치기 위해
밤새 술을 마시며 스스로를 망치고 있지는 않나요?"

한 번의 사랑이 끝나고 죽고 싶을 만큼 아픈 그 마음을 안다. 이별은 그저 함께 하던 사람이 곁을 떠났음을 의미하는 것이 아니라 내 삶의 절반이 떨어져나가 하나 만큼 가득하게 차있던 내가 절반만 남아서는 원래 할 수 있던 나의 모든 기능마저 반쪽이 되는 것을 이야기하니까. 웃는 것도 평소처럼 일상을 지내는 것도 밥을 먹는 것도 무엇을 하든 절반의 나만 남아 원래대로 할 수 없게 되는 것이니까. 반쪽짜리 나만 남아서 그나마 할 수 있는 것이라고는 나를 완전하게 만들어주었던 그 사람을 떠올리는 일일 것이다. 힘없는 팔로 그 사람의 손을 찾아 휘적이고 멍한 생각으로 흐릿하게 그 사람만 그린다. 그리움, 미련 따위의 것들이 더 나를 괴롭게 만든다 생각하게 될 것이고 금방 털어버리려 노력할 것이다. 떠나간 사람을 향한 이 남은 감정들은 모조리 버려야 한다고 생각하며.

그러지 않았으면 좋겠다. 그리움, 미련 이런 것들은 초라하고 나를 위해 버려야하는 그런 감정이 아니라고 생각한다. 한 사람이 내 삶에 흔적을 남기고 떠나가도 그 흔적들은 남는다. 다만 그전에는 그 사람과 함께 그 추억들을 보며 미소를 지을 수 있었겠지만 이젠 홀로 남아 돌아보며 슬퍼하게 될 뿐이지만. 그때 그리움, 미련과 같은 감정들은 그 지나간 기억들을 홀로 돌아보며 눈물짓게 될 때, 그것들을 슬픈 기억이 아닌 삶의 한 흔적으로 받아들이는 과정에서 필수적인 마음이다. 그리움, 미련 같은 감정들 없이는 오히려 지나왔지만 끝나버린 그 시간의 기억들을 부정만 하게 될 뿐이다. 하지만 그 순간 슬플지 몰라도 실컷 그리워하고 미련하게 홀로 추억을 돌아보고 하며 그 사람이 떠났음을 받아들일 수 있게 된다. 그리고 그 모든 과정을 통해 마지막에는 비로소 더 이상 슬퍼하지 않고 슬프기보단 함께 빛날 수 있었던 순간으로 떠올릴 수 있게 된다.

모든 이별들이 아프고 슬프기만 한 것이고 잊어야만 하는 것이라면 그 누구도 기꺼이 사랑을 하지 않을 것이다. 하지만 이별이란 단순히 하나의 인연이 끝나고 아파하기만 하는 것이 아니라 살아가면서 누군가를 만나고 그 사람을 통해 많은 것들을 배우고 성장하며 그 성장을 바탕으로 또 다시 나아가기 위한 발판으로서도 존재한다. 우리들은 살면서 많은 사람들과 만나고 이별의 과정을 거치면서 그 속에서 성장하고 스스로를 깨우쳐가는 것이다.

슬퍼하지 말자는 것이 아니다. 오히려 나는 당신이 더욱 더 실컷 슬퍼하는 법을 알았으면 좋겠다. 그 슬픔을 부정하기 위해서 그리움, 미련과 같은 감정들을 잊어버리려고 노력하지 않아도 된다. 하나의 소중한 것이 내 삶에서 사라졌을 때 실컷 슬퍼할 수 있다는 것은 너무나도 나에게 솔직할 수 있는 일이며 또한 이 슬픔을 느꼈던 실수들을 바로잡으며 더 나은 사람이 될 수 있다는 것의 증거다.

당신이 얼마든지 슬퍼할 수 있으면 좋겠다. 그 뒤에는 슬퍼했던 만큼 행복할 수 있을 거다.

당신은 손재주가 좋았다. 혼자 동대문에 가서는 이런저런 부자재 거리들을 사와 귀걸이를 만들기도 하고, 브로치를 만들기도 했다. 또 어느 날은 남자들만 가득한 내 사무실의 칙칙한 분위기가 걱정된다며 은은하지만 향기로운 향이 퍼지는 캔들을 만들어 선물해주기도 했다. 그것이 귀걸이든, 브로치든, 캔들이든 당신 손만 거치면 그럴싸하게 만들어졌다. 생전 처음 만들어봤다는 게 믿기지 않을 만큼.

나는 당신이 그렇게 이런저런 소일거리들을 찾아 나서는 것을 좋아한다고 생각했다. 너무 잘 만들었으니까. 당장 어디 내놓으면 모두가 달려들어 사고 싶어 할 만큼. 잘하는 만큼 좋아하는 거라고 생각했다. 그런데 아니었다. 당신은 외로웠던 거다. 함께 하는 시간이 길어지고, 삶에 치여 내가 당신에게 집중하지 못한 만큼 우리가 함께하는 시간은 줄어들었으니까.

우리가 함께하던 시간이 줄어든 만큼 당신 삶에는 외로움이 들어찼고, 당신은 그 외로움을 무엇으로라도 해소해야 했으니까. 당신은 나와 함께 하던 시간을 그리워하며 소일거리들을 찾아 헤맨 것이다. 당신 옆에 내가 없는 외로움을 잊으려고. 무엇에라도 집중하여 외롭다는 사실을 잊으려고.

내 책상 위에 놓여있는 향 좋고 잘 만들어진 캔들은 외로움의 결과물이다. 외로울수록 당신은 더 열심히, 최선을 다해서 만들었다. 난 이제는 캔들을 잘 피지 못한다. 당신이 만들어 준 선물이기 때문이기도 하지만, 향이 외롭다. 당신의 외로움이 깊게 배어있다. 달콤한 외로움이 내 주변에 퍼지면 난 당신을 생각한다.

나 없이 혼자, 우리가 늘 함께이던 집에서 혼자 캔들을 만들고 있던 당신만 생각나면 슬프다. 나는 아직 당신을 더 안아주고 싶다. 당신의 삶이 외롭지 않았으면 좋겠다. 이제야 후회하지만, 조금의 기회가 더 있으면 좋겠다. 이전의 외로움을 보상할 수는 없겠지만 앞으로의 외로움을 안아줄 수는 있다.

내가 당신을 아직 조금 더 안아줄 수 있기를 바란다.

잽터 4

나답게
사랑하자

"당신이 옳다."

금방 사랑에 빠지고 싶다

○

"너무 쉽게 사랑에 빠지는 저,

이상한 건가요?"

유독 짧은 연애만 하는 사람들이 있다. 새로운 사랑을 시작했다고 축하해준 게 엊그제 같은데 그새 새로운 사랑을 시작하고, 또 금방 끝나버리는 그런 사람들.

그런 사람들을 금사빠(금방 사랑에 빠지는 사람)라며 좋지 않은 시선으로 바라보는 사람들도 더러 있다. 신중하게 시작해야 하는 게 사랑인데, 그런 신중함 없이 금방 사랑에 빠져버리기 때문에 부정적으로 생각한다. 그렇기에 빠른 이별이 찾아왔을 때 혀를 끌끌 차며 말한다. 가볍게 시작한 사랑이니 이별 또한 금방 찾아온 것이라고. 다음부턴 신중하게 누군가를 만나야 한다고. 나는 그런 이들에게 질문하고 싶다.

누군가를 알아가고 인연을 만드는 일이 꼭 그렇게 신중해야만 하는 것이냐고. 조금은 가벼운 마음으로 인연을 만들어가는 일이 왜 잘못된 것이냐고.

누가 사랑이라는 건 그렇게 신중해야만 하는 일이라고 정한 것일까? 왜 금방 사랑에 빠지는 사람들을 금사빠라는 이름으로 줄여 부르며 부정적인 시선으로 바라보게 됐을까? 아니 그전에 사랑에 빠진다는 것이 내가 원한다면 느리게 혹은 빠르게 속도를 조절할 수 있는 일이기는 한 걸까?

사랑에 신중한 이들의 마음을 부정하는 것은 아니다. 그들 또한 각자의 사연이 있고 신념이 있을 것이다. 하지만 여기서 문제는, 사랑에 신중한 이들은 옳은 것처럼 여겨지고 금방 사랑에 빠지는 것은 꼭 옳지 못한 것처럼 표현된다는 것이다. 그것은 그저 누군가는 순두부찌개를 좋아하고 누군가는 파스타를 좋아하듯 개개인의 가치 차이에 불과한 건데. 순두부찌개를 좋아하는 것은 옳고, 파스타를 좋아하는 것은 옳지 못하기 때문에 순두부찌개를 좋아하는 사람이 파스타를 좋아하는 사람을 나무라며, "네가 파스타를 좋아하기 때문에 그 모양인 것이다"라고 말해도 되는 걸까?

사랑도 같다. 개개인마다 그 고유의 속도가 좀 다를 뿐이다. 그것은 지극히 개인적은 영역의 차이이다. 옳고 그름 같은 건 없다.

사랑에 신중한 이들이 금사빠인 사람들에게 하는 이야기의 근거는 거의 비슷하다. 금방 사랑에 빠져버리니 네가 쉽게 상처받고 힘든 것이라고. 나를 보라고. 사랑에 신중하니 더 좋은 사랑을 시작하지 않냐고. 일리는 있는 말이지만, 나는 사랑에 신중하기 때문에 단 한 번도 상처받지 않은 사람을 본 적은 없다. 누구라도 상처를 받을 수 있다. 왜냐하면 아무리 신중하다고 해도 100%의 확률로 좋은 사람을 만날 수는 없기 때문이다. 나는 오히려 주변에서 사랑의 속도가 좀 빠른 이들이 시행착오가 좀 있긴 해도 그 실패를 겪으며 더 성장하는 모습을 많이 봤다. 그리고 반대로 신중한 이들은 사랑에 상처받을수록 움츠러들며 더 외로워지는 모습을 많이 봤고.

사랑에 신중한 이들을 나무라고 싶은 것은 아니지만, 나는 어쩔 수 없이 금사빠들에게 마음이 간다. 사랑에 치이고 무너져도 움츠러들고 주춤하는 것이 아니라, 또 다른 사랑을 찾아 헤매는 그들의 용기가 부럽기까지 하다. 용기 있는 자만이 자신이 원하던 사랑을 찾을 수 있다. 신중함이 사랑에 기여하는 바는 상처받을 확률을 줄여주는 것 정도일 테지만, 금방 사랑에 빠져버리는 대담함은 그 여러 번의 상처 끝에 옆에서 지금까지 받아왔던 상처들은 생각도 나지 않게 해줄 사람을 만나게 해줄 테니까.

누군가를 만나는 것에 굉장히 겁이 많았다. 그래서 새로운 사람을 만나고 새로운 관계를 시작하는 것에 있어서 늘 신중했다. 신중하지 않게 깊어진 인연은 반드시 나한테 상처만 주고 떠날 것 같다는 생각 때문이었다. 그래서 더 나라는 사람에게 벽을 만들고 누군가가 다가올 때 밀어내기 바빴다. 하지만 신중하게 만난 인연이라고 해도 나를 떠나는 것은 다를 것 없었다.

중요한 것은 신중하게 만난 인연인지 아닌지가 아니라 이 사람이 날 떠날 사람이었는지 아니었는지 오로지 그것뿐이었다.

한 사람이 다른 사람에 대해서 어디까지 알 수 있을까. 아마 많은 것을 알 수는 있어도 모든 것을 알기란 어렵다고 생각한다.

나 스스로에 대해서도 정확하게 알지 못하는데 남을 완벽하게 이해하는 건 분명 더 어려울 것이다. 그렇기 때문에 인연이 깊어지기 전에 이 사람이 어떤 사람인지, 옆에 두어도 될 사람인지, 떠날 사람인지 아닌지 알기 위해서 신중해지는 것에 대하여 큰 의미가 없다고 생각한다. 내가 아무리 신중하다고 해도 그 사람이 어떤 사람인지를 명확하게 알아낼 수는 없다.

오랜 시간을 지켜보며 곁에서 떠나지 않을 거라고 확신했던 사람이 가차없이 곁을 떠나기도 하고, 그저 그런 정도의 인연밖에 되지 않을 거라고 생각했던 사람이 굳건하게 옆을 지켜준 적도 있었다.

사람은 겪어보기 전에는 알기 어렵다. 살이 맞닿을 정도로 가까워지기 전에는 그 누구라도 본인의 본모습을 숨기고 있다. 본모습도 아닌 모습을 보면서 이 사람이 어떤 사람일 것 같다고 판단하는 것은 큰 의미가 없다.

그렇기에 사실 관계가 깊어지기 전에 신중하게 누군가를 지켜보는 건, 꼭 필요하지 않은 과정일지도 모른다.

그냥 차라리 조금 더 나 자신에게 솔직해져보는 건 어떨까. 사랑에 빠진 순간 이 인연이 어떻게 이어질지 신중하게 접근하고 고민하기보다 주저없이 풍덩 빠져보자. 함께 행복할 수 있는 관계라면 망설이느라 함께하지 못한 이 순간조차 너무 아깝다.

우리는 지금도 한창의 시절을 흘려보내고 있다.

사랑의 반대말은 미움이 아니다

○

"미워한다고 생각했지만 사실 곁에 없으면 허전한 그런 사람 다들 하나씩 있잖아요."

미워도 보고 싶은 사람이 있다. 그렇게 다투고 미워했지만 막상 곁에 없으면 생각나는 그런 사람.

미움과 사랑의 감정은 별개다. 하지만 간혹 사랑하는 사람을 미워하게 된 스스로를 보며 더 이상 사랑하지 않는다고 착각하는 이들이 있다. 사랑의 반대말은 미움이 아니라 무관심이라는 말이 있다. 무관심해졌을 때 비로소 사랑하지 않게 된 거지 사실 미움은 일종의 애정에서 비롯된 감정이다. 어떻게 보면 너무 사랑하는데, 그 마음만큼 잘 맞지 않거나 서로에게 힘듦을 줄 때 미워하게 되는 것 같다. 이렇게 예쁜 마음을 가지고 있는데 그만큼 서로에게 좋은 영향을 끼치지 못하기 때문에 가지고 있는 마음만큼 보상받지 못한 일종의 보상 심리로 인해서 상대방이 미워지는 것이다. 그러니 미움을 그저 미움 그 자체로 착각하지 말자. 내가 얼마나 좋은 마음을 가지고 있고 또한 어떤 어려움들을 겪고 있기 때문에 그 마음이 미움으로 변질됐는지 스스로 고민해보자. 그럼 미움이 그저 상대방을 미워하기 위해 생기는 감정이 아닌, 둘의 관계에 문제가 생겼고 그 문제를 함께 해결해야 한다는 것을 알려주는 고마운 감정이 될 테니 말이다.

애정이 바탕이 된 미움을 그저 미움으로 착각하고 누군가의 곁을 쉽게 떠나는 일이 없었으면 좋겠다. 훗날 돌아보면 그 미워하기 바빴던 순간도 사실 즐거웠던 순간이라는 걸 알 수 있게 될 거다.

"그런 적이 있어요.
서로 잡아먹을 듯이 많이 다투었던 애인과
헤어지고 집에 가는데 너무 보고 싶은 거예요.
맨날 싸우기만 했던 사람이고
미워했던 사람인데 막상 앞으로
곁에 없을 생각을 하니까
내 몸의 일부가 사라진 것처럼 허전한 거예요.
그때 깨달았어요.
아, 미워하는 것이 아니라 사실 너무 사랑하는 거였구나.
다투기 바빴던 그 시간 속에서도 사랑은 여전했구나."

유독 많이 다투던 연인이 있었다. 분명 너무 사랑하는데 서로 마주하기만 하면 으르렁대기 바빴다. 맞지 않는다고 생각했다. 나는 이 사람을 미워한다고 생각했다. 그래서 헤어졌다. 미워하는 사람과 함께 할 필요가 없으니까. 하지만 이별하고 나서야 알 수 있었다. 다툼이 잦았던 건 오히려 그 사람을 너무 사랑하기 때문이었다는 걸.

마음에 깊숙이 담아놓은 만큼 그 사람의 사소한 작은 것 하나하나까지 신경이 쓰이고 관심이 갔기 때문에 괜히 더 다정하지 못했던 거다.

너무 사랑하면 오히려 미워할 수 있다는 사실을 기억하자. 그렇게 하면 사랑하기에 미워하는 걸 상대방에 대한 마음이 다 한 것으로 착각할 일 같은 건 더 없어질 것이다. 마음을 착각하여 놓친 인연보다 안타까운 건 없다. 떠나고 난 뒤에 후회밖에 남지 않을 테니까. 함께 할 때 소중하게 건네줘야 할 마음이 갈 곳을 잃고 공허하게 내 마음에 남을 뿐이니까.

사랑을 미움으로 착각하지 않기를. 다툼보다 안아주는 순간이 더 많기를. 후회하는 마음이 남기보다 마음을 다 할 수 있을 때 소중하게 건네주어 함께 손을 마주잡을 수 있기를.

내가 감당할 수 있는 건

내 선택의 결과뿐

○

"주변 사람들의 이야기보다 당신 자신의 목소리에 귀를 기울이세요"

너무 사랑하는데, 다시 이 사람과의 연애를 이어가고 싶은데 도무지 그러기 어려울 때가 있다.

상대방이 큰 잘못을 했을 때가 그렇다. 큰 잘못에는 여러 종류의 잘못들이 있다. 바람을 피웠거나, 폭력을 보였거나, 어겨서는 안 될 약속을 어겼거나. 사람마다 용서할 수 있고 용서할 수 없는 잘못의 기준은 다르겠지만 모두가 인정하는, 용서해서는 안 될 그런 잘못들 말이다.

그런 경우엔 참 힘들 것이다. 사랑하는 마음은 여전하고 이 사람을 변함없이 원하는데 사실은 모든 잘못을 용서하고 싶은데도 주변에서 만류하기 때문에.

"절대로 그런 사람은 다시 만나서는 안 된다."
"너의 앞날이 아파질 게 뻔하다."

스스로도 용서하면 안 된다는 걸 알면서 여전히 사랑이 짙어 가슴이 이성을 지배한다.

용서하면 안 되는 사람인데 보고 싶고, 안고 싶다. 머리와 가슴이 따로 논다. 힘들 것이다. 헤어질 이유가 전혀 없는데 여전히 이렇게 사랑하는데 그 사람의 큰 잘못으로 이렇게 모든 것이 무너진다니. 그 사람이 밉고 원망스럽다. 그런데 또 여전히 사랑한다.

이렇게 큰 잘못을 한 상대방을 미워하지 못하는 스스로조차 미워질지도 모른다. 그냥 다 상관없다고 여전히 사랑하니 용서하겠다고 말하자니 주변 사람들이 마음에 걸릴 것이다. 그럴 만도 하지. 당신을 아끼고 소중하게 여겨서 그러는 거니까.

하지만 내가 하고 싶은 말은, 누가 주변에서 뭐라고 하든 당신의 마음을 따라가라는 것이다.

어차피 남의 말은 잘 들리지 않을 거라는 걸 안다. 상대방을 미워해야 하는 시점인데도 이성을 감정이 지배해 미워하지 못하는 당신이 남들의 말을 듣는다고 그 마음이 진정될까. 아마 그러긴 어려울 것이다.

차라리 스스로의 마음에 솔직해지는 것이 나을지도 모른다. 그렇다면 그냥 그렇게 큰 잘못을 한 상대방을 용서하고 받아들이라는 말이냐고 들릴 수도 있다. 그게 아니다. 그런 큰 잘못을 한 상대방과 다시 만남을 이어가면 어차피 당신 기억 깊은 곳엔 그 기억이 각인돼 다시 만남을 이어가며 힘들어질 것이다.

나를 바라봤던 애정 어린 눈빛, 마주 잡던 두 손. 그 외의 것들 모두 다 나에게만 준 것이 아니라 누군가에게도 줬다는 사실에 힘들 것이다. 큰 잘못을 한 직후에는 사랑이 지배해 차마 느끼지 못했던 마음들이 스멀스멀 올라오며 왜 이 만남을 이어가야하는지 느낄 수 있게 된다.

주변 사람들이 말리기 때문에 그만하는 것이 아니라, 가슴으로는 못 받아들이지만 머리로는 그만해야 한다는 걸 알기 때문에 멈추는 것이 아니라, 진실로 스스로가 느낄 수 있게 된다. 이 이상의 만남은 서로에게 아니 나 자신에게 아픔만 남길 거라는 걸.

만약 주변의 권유 때문에, 혹은 자신의 마음은 그게 아니지만 머리로 안 된다는 걸 알아서 그 사람과의 관계를 잘라냈다면 더 스스로 괴로워졌을지도 모른다. 여전히 그립고 사랑하는 마음이 남아있을 테니까. 그럼에도 불구하고 그런 큰 실수로 우리 관계를 망친 그 사람이 미웠을 테니까.

하지만 내가 느끼고 선택하여 다시 만남을 이어가고 그만해야 한다는 걸 알아 관계를 끝내기로 마음먹었다면 더욱 훌훌 털어낼 수 있을 것이다. 만일 용서하게 되고 사랑하는 사람이 더 이상 실수를 하지 않게 됐다면, 그것으로 만족하면 된다. 그 큰 실수를 다 잊고 살수 있다면 말이다.

잊지 말자. 사랑의 선택은 결국 내 몫이고, 내 의지로 선택한 결과만이 나에게 후회를 남기지 않는다는 걸.

이런 잘못을 했을 때에는 상대방을 용서해서는 안 된다는 어떤 객관적인 기준, 주변 사람의 만류. 이런 것들로 인한 선택은 결국 나 스스로의 선택이 아니기 때문에 더 큰 후회가 남을 수도 있다는 걸. 극단적인 상황에서 관계를 이어나가는 것이든, 끝내는 것이든 내 선택이 제일 중요하다는 걸.

"내 선택을 통해서
찾아온 결과들이야말로
온전하게 내가
받아들일 수 있다는 걸
알아야 해요."

기쁠 때 약속하지 말자.

외로울 때 사랑하지 말자

○

"외로운 마음에

누구라도 만나고 싶어요."

오랜 기간 동안 연애를 하지 않고 있다 보면 너무 외로운 나머지 아무라도 만나서 연애하고 싶은 순간이 찾아오기도 한다. 본래 연애란 사랑하는 사람을 만나 함께 하는 과정이지만, 연애라는 것 자체에 익숙해지다 보면 꼭 사랑하는 사람을 만나 연애를 한다기보다는 그저 누군가가 채우고 있던 옆자리가 비어있는 것이 너무 허전해 그 자리를 채우려고 연애를 하기도 된다.

물론 꼭 연애를 시작하고자 하는 동기가 사랑하는 사람을 만나고자 하는 것은 아닐 수 있다. 적당하게 누군가와 함께하며 외로움을 달래는 것, 꼭 누군가를 뜨겁게 사랑하며 자신을 불태우는 것이 아니라, 기분 좋은 호감을 서로 주고받는 정도일 수도 있겠다. 그러니 외로움이 사무칠 때, 그 외로움을 달래기 위해서 누군가를 만나는 것이 전혀 문제될 것은 없다.

하지만 외로움에 등 떠밀려 시작한 연애의 끝이 좋은 걸 본 적은 별로 없다. 외로움을 달래기 위함이 연애를 시작하기 위한 동기는 될 수 있겠지만, 그 누구도 연애의 목적을. '서로의 외로움을 달래주는 것'정도로는 생각하지 않는다.

사람마다 개개인의 차이는 분명 있겠지만 연애는 단순히 서로의 외로움을 달래주는 것이 아니라 거기서 더 나아가 서로의 인생을 공유하고, 함께 성장하기도 하고, 궁극적으로는 관계가 깊어짐에 따라 함께 하는 미래를 고민하기도 하는 것이라고 생각한다. 그렇기에 단순하게 외로움을 달래기 위해 시작한 연애는 결국 연애 자체의 목적과 많이 어긋나게 되고, 목적과 동기가 너무 서로 바라보는 길이 다르니 금방 이별을 맞이하게 된다. 순간의 외로움을 달랠 수 있을지는 모르겠지만, 그만큼 가벼운 마음으로 시작한 연애이니 연애를 시작함으로써 가져야 하는 어떠한 무게감, 책임감 같은 것들이 그저 부담으로만 다가오게 되고, 결국 그것을 감당해내지 못하면 끝을 맞이하게 되는 것이다.

단순한 동기로 시작된 연애가, 연애가 가지는 그 복잡함을 감당할 수는 없는 것이다. 그 과정에서 서로 상처 또한 받을 것이다. 사랑하기 위해 시작된 연애가 아니기 때문에 진심으로 상대방을 사랑하기도 어렵고, 어쩌면 스스로를 더 외롭게 만들지도 모른다. 이 관계에는 사랑이 모자라기에.

외로움에 등 떠밀려 이 외로움을 해소시켜줄, 연애를 할 수 있는 사람을 찾아 나설 것이 아니라 그럴 땐 차라리 자기 자신을 돌아보는 시간을 가질 수 있었으면 좋겠다. 운동을 하고, 좋아하는 사람들을 만나고, 사랑하는 일들을 열심히 해 나가고. 스스로를 그렇게 가꾸다보면 어느 순간 외로움 같은 건 생각도 나지 않을 거다. 자신이 좋아하는 일들로 외로움을 잊으라는 의미가 아니다. 그렇게 어느 순간 외로움 같은 건 사라지고, 외로워서 연애가 하고 싶은 순간이 지나가고 나면, 전혀 외롭지 않아도, 외로움을 달랠 필요 같은 것도 없다고 해도 함께 하고 싶은 사람이 분명 생길 것이다. 전혀 외롭지 않고 혼자만으로도 충분하지만 이 사람이라면 함께 하고 싶다고 생각되는 그런 사람. 함께 있으면 더 성장할 수 있을 것 같은 그런 사람. 함께인 것만으로 순간 순간을 값어치 있게 만들어줄 수 있을 것 같은 그런 사람.

그런 사람과 사랑을 시작할 때 비로소, 참을 수 없이 가벼웠던 연애가 아닌 기꺼이 감당하고 싶은 책임감을 기분 좋게 느낄 수 있을 것이다. 그 책임감이 나를 옥죈다고만 생각했는데, 그것이 아니라는 걸 알 수 있게 될 것이다.

연애는 책임과 희생의 연속일지도 모른다. 그래서 때로는 그것들로부터 고개를 돌리고 가볍게만 하고 싶기도 하다. 하지만 진짜 좋은 사람을 만나게 되면 그 책임과 희생은 전혀 나쁜 것들이 아니었음을 알 수 있게 된다. 그 희생만큼, 그 책임만큼 나에게 행복으로 돌아오게 되니까. 책임과 희생 끝에 함께 누릴 수 있는 행복들이 찾아온다는 걸 깨닫게 되니까.

언젠가 당신에게도 기분 좋은 책임감이 뒤따라오는 사람이 생길 것이다. 그러니 순간의 외로움에 지기보단 그 순간을 위해 지금의 당신을 열심히 성장시킬 수 있으면 좋겠다. 눈앞의 외로움보다 나중의 행복이 분명 더 클 거다.

"연애는 외로움을 채워주는
수단이 아니랍니다.
오히려 어떤 외로움을 견뎌내면서
서로를 알아가는
과정일 수도 있어요."

외로움이 짙어질 때면 누군가를 곁에 두었다. 그 사람으로 하여금 나의 외로움이 해소될 수 있을 거라고 믿었기에. 하지만 누군가가 내 외로움을 채워주기를 바라며 시작된 만남은 결국 그 사람이 내가 원하는 만큼 나의 외로움을 채워주지 못했을 때 또 다른 외로움을 만들 뿐이었다.

애초부터 내가 바라는 기대가 있고 상대방이 그 기대를 채워주기를 바라며 시작한 연애는 그 기대가 채워지지 못하면 끝나게 될 뿐이었다.

외로움이라고는 전혀 없었을 때, 나 혼자만으로 충분했던 순간도 있었다. 내 삶이 너무 만족스러워 아무도 내 삶에 들이고 싶지 않았던 순간이기 때문에 인연을 함부로 맺지도 않았다. 그럼에도 불구하고 불쑥 내 삶에 들어오는 사람은 있었다.

그렇게 시작된 만남은 만족감이 높았다. 이미 내 삶에 충분한 만족을 하고 있는 나였기에 누군가에게 뭘 기대하지 않을 수 있었기 때문이다. 기대하는 것이 없으니 그 사람이 주는 소소한 행복만으로도 고마웠다. 예상하지 못했던 것들이었으니까. 내 만족스러운 삶에 작은 만족을 하나 더해준 거니까.

나 스스로 온전한 나일 수 없을 때, 우리들은 결핍을 느낀다. 그리고 그 결핍을 누군가가 채워주기를 간절히 바라게 될 것이다. 하지만 내가 나 스스로 온전한 나일 수 있을 때에는 누군가에게 나에게 무언가를 준다는 것만으로 충분히 감사할 수 있게 되는 것 같다.

같은 것을 받는다고 해도 내가 어떠하냐에 따라서 마냥 아쉬워하게 되거나, 충분하게 고마워할 수 있게 된다. 그렇기에 사랑을 시작할 때 누구를 만나느냐도 중요하겠지만 그만큼이나 나 자신이 어떤 상태인가도 중요하다.

내가 온전히 나이지 못할 때 누군가를 만나면 그 기대 때문에 온전한 눈으로 상대방을 바라볼 수 없게 된다. 아무리 좋은 사람이라고 해도 기대에 미치지 못한다는 이유로 좋은 사람을 놓칠지도 모른다. 아무리 많은 것들을 받아도 만족하지 못할 수도 있다.

좋은 사람을 놓치지 않기 위해서도, 작은 것들에 더 고마울 수 있기 위해서도 외로움에 치인 내가 아니라 온전한 나일 때 사랑에 빠지자.

어떤 사랑도 존중받아 마땅하지만 한 순간의 만족감을 위해 시작된 사랑은 결국 실패로 끝날 것이 분명하니까.

모든 것을 줄
마음의 준비는 했어도
모든 것을 주지는 마라

○

"주기만 하느라 지친 당신,
이제는 사랑받을 시간입니다."

전부를 쏟아 부으며 사랑하지 않았으면 좋겠다. 받은 만큼 사랑할 줄 아는 현명한 사람이 됐으면 좋겠다. 사랑한다는 마음 하나로 전부를 줘봤자 그만큼 돌아올 거라는 보장이 어디 있던가. 이미 충분히 모든 것을 쏟아 부으며 사랑해봤고 또 그만큼 허탈해본 경험도 있지 않은가. 이제는 모든 것을 쏟아 부으며 사랑할 때가 아니라, 모든 것을 주며 사랑할 준비를 하고 있으나 그만큼을 줄 값어치가 있는 사람이 아니라면 차갑게 돌아서는 법도 아는 사람이 됐으면 좋겠다.

너무 주는 것에만 익숙해지면 받는 방법조차 모르는 사람이 될지도 모른다. 물론 무언가를 받기 위해서 사랑하는 것은 아니라고 하지만 그렇다고 맹목적으로 희생하라고 사랑하는 것도 아니다. 원래 인생은 기브 앤 테이크다. 부모님에 대한 사랑도 무조건적인 게 아니라 나를 낳아주시고 길러주신 것에 대한 감사함으로 있는 것이 아니었던가. 근데 왜 생전 남이었다가 호감이 발전해 연인사이가 된 것뿐인 관계에 모든 것을 희생하며 당신을 쏟아 부으려고 하는 건지.

모든 것을 주며 사랑하지 마라. 하지만 모든 것을 줄 마음의 준비를 해라. 그리고 받은 만큼 사랑을 건네고, 기꺼이 그럴만한 가지가 있는 사람일 때 마음먹었던 대로 전부를 쏟아 부어라.

"준 만큼 받아야만 하는 것이 사랑은 아니지만,
주기만 하다 보면 받는 법을
아예 모르게 됩니다.
받는 법도 알아야
더 기쁜 마음으로
무언가를 줄 수 있는
사람이 됩니다."

모두가 바라는 그 하나

○

"당신 혼자만 사랑을 애타게
찾아다니는 것이 아니랍니다."

사람들은 모두가 다르다. 생김새부터 성격 습관까지 모두 개인적인 특성을 가지고 있다. 하지만 하나만큼은 같다. 사랑받고 또 사랑하고 싶어한다. 누군가의 옆에서 마음의 편안을 얻기를 바란다. 많은 사람들을 만나고 싶다고 하지만 사실은 단 한 사람의 옆에서 안정적으로 머물고 싶어한다. 많은 사람을 만나고 싶은 게 아니라, 많은 사람들 틈바구니 속에서 그 단 한 사람을 찾고 싶은 것이다.

사랑을 바꿀 순 없어도
내가 변할 순 있다

○

"절대 변하지 않을 사랑을 바라는 건
너무 큰 욕심일까요?"

무조건적으로 변하지 않는 사랑을 원한다. 욕심일지 모르겠지만 언제 떠날까봐 불안한 그런 사랑 말고 시간이 많이 흘러도 변하지 않을 것이라는 확신이 드는 그런 사랑. 말 한 마디에 남에서 연인이 되고 또 말 한 마디에 가장 가까웠던 사이에서 남이 되는 게 사랑이라는 것에 너무 큰 허탈감을 느낀다. 반복되는 만남과 이별은 마음을 지치게 할 뿐이고 새로운 인연을 찾아봤자 똑같이 끝날 거라는 회의감만 커진다.

우리의 사랑을 지키기 위해 했던 약속이라거나 처음 사랑이 시작될 수 있었던 다정한 모습들이라거나 그런 것들이 점점 퇴색되는 것이 아니라 한결같은 모습을 보여줄 수 있는 그런 사람이라면 가능할까. 어떤 모습들을 볼 때 사랑의 확신, 이 관계가 끝나지 않을 거라는 안정감 같은 걸 느낄 수 있을까.

매일같이 사랑한다고 말해봤자 결국 그것은 말로 하는 하나의 표현의 수단일 뿐 마음 속 깊은 곳에 있는 마음이 어떻게 달라지는지 알 수는 없었기에 불안한 것 똑같았다. 마음을 끄집어내서 볼 수 있다면 좋을 텐데 왜 마음과 감정은 손에 잡을 수 없는 것들이라 짐작밖에 할 수 없는 걸까.

내가 내린 결론은 결국 어떤 말을 해도 어떤 모습을 보인다고 해도 사랑은 절대 확신할 수 없다는 것이었다. 무조건적으로 변하지 않는 사랑이라고 확신할 수 있는 근거 같은 건 어디에도 없다는 것이었다. 결국 그 모든 것은 하나의 표현일 뿐 진심인지 아닌지, 마음의 크기가 어떤지 절대 알 수 없으니까. 거짓 마음을 진심인 것처럼 포장해서 내뱉는 사람이 얼마나 많은 세상이던가. 또한 사랑을 확신하기에는 사랑이라는 감정이 얼마나 많은 상황에 따라 휘둘리며 변하던가. 그토록 사랑하는 사람도 다툼이 생겼을 때에는 세상에서 제일 미워지기도 하는데.

결국 우리가 할 수 있는 건 매 순간 최선을 다하는 것뿐이다. 내가 어떤 모습이어도 어떻게 행동해도 상대방의 사랑만이 무조건적으로 변하지 않기를 바라는 것이 아니라, 이 사랑이 아니 우리의 사랑이 더 끈질기게 남아있을 수 있도록 내가 할 수 있는 최선을 다하는 것이다. 사람은 다양하고 그 다양한 사람마다 사랑이 사랑일 수 있도록 해주는 원동력도 모두가 다 다를 것이다. 사소한 배려에 큰 고마움을 느끼는 사람에게는 못 먹는 음식을 피해 음식점을 골라보도록 하자. 사소한 것이라고 잊지 말고. 꽃을 좋아하는 사람에게는 종종 등 뒤에 몰래 꽃을 숨기고 이 꽃을 받으며 환하게 웃을 모습을 상상하며 가보자. 사랑이 영원하길 바라기 전에 어떻게 하면 이 사랑이 영원할 수 있을지 고민해보자. 결국 우리가 바꿀 수 있는 건 미래도 아니고 사람의 마음을 읽을 수 없으니 사람의 마음을 읽을 수 있는 마법의 묘약을 만드는 것도 아닌 지금 현재 이 시간을 살아가고 있는 매 순간의 내 모습일 테니까.

무조건적으로 변하지 않는 사랑은 없고 사랑이 영원할 수도 없을 거다. 하지만 사랑이 영원할 수 있도록 지금 내 모습은 얼마든지 바꿀 수 있다.

내가 꿈에 그리던 사람은

내가 그런 사람이 됐을 때

곁에 온다

○

"도대체 내 사랑은 언제 찾아오는지

기다리고 계신가요?"

좋은 사람이 되자. 나에게 좋은 사람이 오도록.

좋은 인연이라는 게 가만히 있는다고 나에게 운명처럼 생기는 것은 아니라고 믿는다. 지금껏 상처받아온 건 어딘가에 좋은 인연이 있고 그 사람이 아직 오지 않은 것뿐이라고 생각하지도 않는다.

내가 아직 그만큼의 준비가 안 된 것이다.

애초에 그렇게 모나게 생겨먹었다는 그런 뜻이 아니다. 나 또한 사람이기 때문에 불완전하다. 실수도 하고 서툴다. 그렇기 때문에 그 모든 과정들을 통해서 점점 성장해가는 것이다. 단점을 보완하고 실수를 바로잡아가는 것이다.

내가 함께 하고 싶은 인연을 구체적으로 그리고 나 또한 그에 어울리는 사람으로 스스로를 가꾸어나가자.

여러 번 사랑에 실패했지만 그것은 사랑에 실패한 것이 아니라 앞으로 내가 만날, 내가 꿈에 그리던 사람을 만나기 위해서, 그런 인연을 만날 수 있는 자격을 갖기 위해서 나의 모자란 점들이 무엇인지 깨달아갈 수 있게 해준 과정들이라고 믿는다.

노력 없이 얻어지는 건 없다.

좋아하는 옷을 찾는 것에만 있어서도 나와 어울리는 색을 알고, 잘못 산 옷을 아까워하며 옷장 구석에 넣어놓기도 하고. 그 끝에 찾은 나를 위해 만들어진 것만 같은 옷을 찾아 기뻐하지 않던가. 하물며 근데 평생을 함께 하고 싶을 만큼 좋은 인연을 찾는 일은 얼마나 어려울까.

좋은 사람이 되자. 막연하게 좋은 사람이 되고 싶다는 뜻이 아니다.

내가 원하는 그런 인연이 기꺼이 머물러도 될 그런 사람이 되자는 뜻이다. 좋은 사람이 나에게 왔을 때 내가 좋은 사람이 아니라면 평생에 단 한 번뿐인 인연을 놓치는 바보 같은짓을 해버릴지도 모르는 거니까.

막연하게 바라기만 하는 사람보다 구체적으로 이루어낼 수 있는 사람이 되자.

기회는 날 찾아오는 게 아니라 내가 만드는 것이니까.

내가 제일 소중하다

○

"사랑이 끝났다고 너무
비참해져서는 안 됩니다."

떠나간 사람을 붙잡고 싶은 마음은 안다. 그리고 누군가를 붙잡을 때에는 망설일 필요도 없다고 말하고 싶다. 하지만 여기서 중요한 것은 떠나간 사람이 돌아오기를 바라는 간절함 때문에 스스로를 버려서는 안 된다는 것이다. 사랑하는 사람이 곁을 떠났고 어떻게든 돌아오기를 바라는 그 마음 하나 때문에 자기 자신을 포기해가며 떠난 사람을 붙잡는 경우가 많다. 이별의 상처를 극복할 자신이 없고 또한 그 사람을 놓치고 싶지 않아 그러는 마음은 이해가 된다. 하지만 그것이 나 자신을 버려가며 사랑을 구걸해도 되는 것의 이유가 될 수는 없다. 사랑보다 소중한 것은 바로 나 자신이고 사랑은 구걸한다고 받을 수 있는 것이 아니다.

세상에 좋은 사람은 많고 당신은 다시 사랑받을 자격이 있다. 돌아올 사람이라면 구걸하지 않아도, 나 스스로를 버려가며 붙잡지 않아도 돌아온다. 돌아오지 않을 사람이라면 무슨 짓을 해도 돌아오지 않는다. 순간의 간절함 때문에 스스로의 가치까지 잊어서는 안 된다.

"떠나간 사람이 돌아올지,
돌아오지 않을지는 모릅니다.
하지만 어떤 경우에라도 당신은
언제까지나 당신일 것입니다.
그렇기 때문에 떠난 사람을 되찾기 위해
나를 버려가며 매달릴 것이 아니라
우선 나 자신을 먼저 지켜야 합니다.
사랑받을 자격이 있는
당신 자신을 망치지 마세요."

사랑의 숲에서 길을 잃지 않기를

○

"이제야 곁을 지켜주는 당신의 소중함을
깨달아서 미안합니다."

오랜 시간 곁을 지켜준 당신에게 몹쓸 짓을 많이 했다. 오랜 시간을 우리가 함께 할 수 있었다는 건 분명 그만큼 당신이 나에게 소중한 사람이기 때문일 텐데 왜 그리 당신을 힘들게 했을까. 어느 날은 당신의 마음에 상처를 주고 또 어느 날은 당신에게 소홀하기도 했다. 또 어느 날은 다정하지 못한 말을 건네기도 하고 또 어느 날은 당신에게 이별을 말하기도 했다. 사랑하는 만큼 소중한 사람인데 왜 늘 마음만큼 당신을 소중히 대해주지 못하나 늘 후회했다. 하지만 그 모든 것에도 불구하고 당신은 여전히 나의 곁에 있어주었다. 흔히들 정이 들어서 헤어지지 못한다고 하지만 서로가 서로를 이해하고 감싸주는 그런 관계를 그저 정 때문에 헤어지지 못한다고 말하는 것은 맞지 않다고 생각한다. 그 이상의 강한 결속으로 서로 연결돼있기 때문에 인연을 이어갈 수 있는 것이다. 그리고 그 결속의 다른 이름은 바로 사랑일 것이다. 더 이상 사랑하지 않는데 오랜 시간 함께 하며 정이 들었기 때문에 헤어지지 못하는 것이 아니라, 진정으로 강한 사랑의 결속이 있기에 가능한 것이다.

사랑하는 만큼 그 마음을 온전히 건네고 싶다. 사랑하는 만큼 좋은 것들만 주고 싶다. 우리가 사랑에서 길을 잃어 가장 소중한 사람에게 상처를 주는 일이 없으면 좋겠다. 나를 놓지 않고 곁을 지켜준 당신이라 더더욱 그렇다. 지금껏 그대가 나를 믿고 곁을 지켜준 것만큼 이제는 내가 그렇게 할 것이다.

에필로그 :

첫사랑에게

키가 150센티를 채 넘지 못하던 사람. 하루에 한 끼를 먹을까 말까 하여 늘 나를 걱정시켰던 사람. 작고 왜소한 체구처럼 마음 또한 소심한 구석이 있던 사람. 나랑 너무 달라서 그토록 매력적이었던 사람. 장난기가 많은 나와 비교해볼 때 조용하고 소극적이었던 당신.

그렇게 당신은 당신과 다른 나에게, 그리고 나는 나와 다른 당신에게 거짓말처럼 빠지게 됐다. 그리고 이내 사랑을 하게 됐고.

연애 초반 나는 당신에게 물었던 적이 있다. 언제부터 당신은 그렇게 말이 없고 조금은 소심한 성격이었냐고. 혹시 내가 마음에 들지 않아 그런 것인지 그게 아니라면 어떤 상처들을 받았기 때문에 조심스러운 성격으로 바뀌게 된 것이냐고 말이다.

맨 정신으로 묻기에는 용기가 필요했던 질문이라 함께 술을 먹었던 걸로 기억한다. 취기의 힘을 빌려 나는 어렵게 그녀의 마음속을 들여다보고자 했다. 근데 그녀는 어떠한 대답도 하지 않았다. 다만 미약한 표정의 변화만이 좀 있었을 뿐. 당신의 얼굴을 자세히 들여다보는 나에게 그 표정은 불편함을 보이는 표정으로 보였다. 이내 나는 미안한 마음에 질문을 멈추고 어설프게 횡설수설하며 질문을 돌렸다.

그 불편함은 아마 내 질문이 불쾌해서가 아니라 당신을 그렇게 만든 어떤 상처가 떠올랐기 때문이었을 것이라고 생각한다. 당신의 마음을 읽을 수는 없지만 사랑하는 사람의 표정은 읽을 수 있다. 불편해보이다 이내 슬퍼보였으니까.

나는 횡설수설하는 것 말고는 아무것도 할 수 없었고. 사실은 당신의 이야기를 듣고 싶었는데. 그리고 안아주고 싶었는데. 어설픈 나는 그렇게 하지 못했다. 서둘러 대화 주제를 돌리는 것만이 서툰 내가 할 수 있는 선택이었다.

당신의 상처가 여러 날이 지나도록 궁금했지만 물어보려고 시도한 적은 없다. 당신은 나에게 있어서 행복만 주고 싶은 사람이었으니까. 아픈 기억을 떠올리게 하기보다 나와의 추억으로 그런 기억들이 더 이상 기억조차 나지 않게 해주는 것이 내가 할 수 있는 최선이라고 생각했으니까. 당신에게 고백을 하던 한강의 그날, 나의 약속은 당신을 세상에서 가장 행복한 여자로 만들어주겠다는 거였으니까.

그런 당신에게 나는 특별한 기억들을 안겨주고 싶었다.

만약 언젠가 우리가 헤어지더라도 나와의 기억이 행복한 모습으로 남아있기를 바랐기 때문에. 그랬던 나이기에 일 년에 한 번뿐인 당신의 생일, 뻔한 케이크가 아니라 당신에게 두 장의 비행기 티켓을 선물했다. 당신이 태어난 날을 맞이하여 나 빼고는 모두가 낯선 사람인 외국에서 우리 둘밖에 없는 것처럼 지낸다는 것은 당신에게 특별한 기억이 될 수 있을 거라고 생각했으니까. 그리고 당신은 웃으며 기뻐해주었다. 이런 생일 선물은 처음이라며.

낯선 나라에서 우리는 행복했다. 나는 당신만, 당신은 나만 바라보면서. 시간이 흐른 뒤에도 당신은 그날의 추억이 잊히지 않았는지 또 그 나라에 가고 싶다고 했다. 내가 바랐던 것처럼 잊히지 않을 추억이 된 것이다. 나는 내심 의도했던 대로 됐다는 사실에 기뻤다. 잊히지 않는 추억이 늘어난 만큼 나 또한 당신에게 잊히지 않는 사람이 된다는 거니까.

식사를 잘 챙기지 않는 당신이라 나는 어떻게든 당신이 하루 세 끼를 먹을 수 있게 하도록 챙겨주었다.

"너 때문에 살찌면 어떡할 거야!"

라고 투정을 부리기도 했다. 그럼 나는 대답했다. 내가 당신을 사랑하는 이유는 겉모습 때문이 아니라고. 여러 이유를 가져다 붙일 수도 있겠지만 그건 매 상황마다 다르다고. 만약 네가 소심하다면 소심하기 때문에 사랑할 수 있고, 대담하다면 대담해서 사랑할 것이라고. 말랐다면 말라서 사랑할 수 있고, 살이 쪘다면 살이 쪘기 때문에 사랑할 수 있다고. 정해진 기준에 의해서 정해지는 사랑이 아닌, 너라는 사람 그 자체를 사랑하는 것이기 때문에 당신의 모습이 변한다면 그에 따라서 내 사랑의 기준도 변한다고. 그럼 당신은 이내 내가 챙겨준 식사를 맛있게 먹어주었다. 나는 그리고 식사를 맛있게 먹는 당신을 보면서, 식사를 맛있게 먹는 모습 때문에 사랑할 수 있다고 한 번 더 생각했고.

어느 날은 당신의 일이 마치는 시간에 맞추어 말없이 찾아가보기도 했다. 그럼 당신은 화들짝 놀랐다가 이내 웃으며 나를 안아주었다. 난 그게 좋았다. 아주 일상적인 하루하루를 예기치 못한 순간에 특별한 날로 만들어주는 것. 당신에게 어떻게 감동을 줄까 몰래 고민하고 있다 보면 나도 모르게 미소가 지어졌다. 당신이 어떻게 웃어줄지, 그리고 얼마나 행복해할지를 상상하며. 그런 우리에게 크리스마스가 찾아왔다. 기대하는 듯한 눈치로 크리스마스에 무엇을 할 거냐는 당신에게 나는 크리스마스가 뭐 별 거냐고 시치미를 뗐다. 그리고 당신이 일을 나간 사이 몰래 트리를 한 가득 방 안에 들여놓았다. 케이크와 인형들도 준비했다. 휴대폰으로 찍은 사진은 어딘가로 사라질까 두려워 폴라로이드 카메라도 준비했다. 그리고 당신이 마침내 집으로 돌아왔다.

방은 어두웠고, 오직 트리와 케이크 초만이 환하게 빛날 뿐이었다. 스피커에서는 캐롤이 흘러나오고 있었다. 이것이 당신이 말한 가장 행복했던 우리의 크리스마스였다. 당신은 늘 그랬듯 웃고 있었다. 난 그런 당신을 보며 웃고 있었다.

내가 당신과 함께일 때 그토록 장난스러웠던 이유는 바로 당신이 늘 웃기를 바랐기 때문이었다. 그걸 위해서라면 뭐든 할 수 있었다. 혼자 고생하며 준비하는 이벤트부터 언제 나올지 모르는 당신을 당신의 회사 앞에서 기다리는 일까지. 표정이 안 좋은 당신 앞에서 노래를 틀고 막춤을 추기도 했다. 그럼 당신은 그게 무슨 춤이냐며 그제야 웃어줬다. 어느날은 표정이 안 좋은 당신을 도저히 웃게 해줄 방법이 생각나지 않아

간지럼을 태우기도 했다. 왜 괴롭히냐며 짜증을 내다가도 이내 간지럼 대결이 시작되며 우리는 함께 장난스러운 표정으로 웃고 있었다. 그 대결은 끝내 나의 패배로 끝났지만,

괜찮다.

이기기 위한 대결이 아니라 그저 당신의 어두운 얼굴에 미소라는 빛을 비추고 싶었던 거니까. 나는 당신을 위해서라면 그 대결을 몇 번을 더 하더라도 매번 처참히 패배해줄 자신이 있다.

이토록 당신이 웃기를 바랐던 이유는 당신이 웃으면 나 또한 행복했기 때문이었다. 당신의 미소가 내 행복이었다. 웃는 모습은 눈부시게 아름다웠다. 상처 많은 당신이 더 이상 침묵 속에 가두어지지 않기를 바랐다. 앞으로는 그 환한 미소로 밝게 살아갔으면 했다.

모든 사랑에 끝이 있듯 결국 우리에게도 이별이 찾아왔다. 다툼 끝에 헤어졌지만 그것이 사랑의 끝이었다고 생각하지는 않는다. 우리는 서로 열렬하게 사랑했다. 이 사랑이 마지막인 것처럼. 다만 사랑보다 함께 함으로써 오는 고통들이 좀 더 컸을 뿐.

나빴던 사람으로 기억되지 않았으면 좋겠다. 아니 사실 좋았던 사람으로 기억되고 싶다. 당신을 웃게 하기 위해서 무엇이든 할 수 있던 그런 사람. 그리고 당신도 가끔 날 추억해줬으면 좋겠다. 나를 추억할 때마다 내가 얼마나 많이 사랑했는지 한 번이라도 문득 떠올려보며 알아주면 좋겠다.

당신이 지었던 미소만큼 사랑한다고. 마지막으로 당신에게 이 말을 건넨다.

지금은 안부조차 묻지 못하는 남보다 못한 사이가 되었지만 내 삶에 머물러줘서 고마웠습니다. 나에게 사랑을 알려준 건 당신입니다. 사랑해라고 내뱉던 그 말을 이제는 과거형으로밖에 말할 수 없다는 건 참 슬픈 일입니다. 그래도 여전히 사랑한다면 그 슬픈 과거형으로라도 내뱉고 싶습니다. 사랑했습니다. 그럴 일은 없겠지만 만약 과거로 돌아갈 수 있다면, 아픈 사랑일 것이 정해져 있다고 해도 바람을 쐬러 가자는 핑계로 당신을 불러내어서는 똑같이 한강으로 갈 것입니다. 그리고 다시 한 번 고백하겠습니다. 이만 줄이겠습니다.

아, 끝내 전하지 못했지만 마지막으로 꼭 하고 싶은 말이 있습니다. 당신이 내 첫사랑입니다.

당신은 나에게 있어서 한 시절 그 자체인 사람이었어요. 훗날 시간이 많이 흐르고, 백발이 성할 때, 지금 이 시기를 떠올리게 되면 아마 이런저런 겪었던 일들이 아닌 당신을 떠올리게 될 거예요. 내가 느꼈던 모든 기쁨과 슬픔, 아픔 그런 것들이 당신을 거쳤던 거니까요.

사랑은 끝나면 아프기만 한 거라지만, 물론 지금 나도 많이 아파하고 슬퍼하고 있지만, 꼭 그렇기만 한 것 같지는 않아요. 나는 당신을 떠올리며 가끔 옅은 미소를 띠거든요. 다른 사람 옆에 있을 생각에 마음이 찢어지기는 하는데, 아직도 그런 눈으로 웃고 있을까, 고사리 같은 손으로 혼자 캔들 같은 걸 만들고 있을까, 고양이를 쓰다듬으며 행복해하고 있을까. 같은 생각을 하거든요.

눈물지을 때도 있죠. 왜, 당신 나랑 만나기 전에 문득 집에서 홀로 너무 외롭고 슬퍼서 고양이를 가슴팍에 끌어안고는 밤새 울었다면서요. 혹시 내 곁을 떠나고 그런 밤들이 이어지고 있지는 않을까 생각에 혼자 눈물지어요. 그래서 날 그리워하기를 바라기도 하지만, 그리워하지 않기를 더 바라요. 당신이 슬프지 않았으면 하는 마음에.

〈비긴 어게인〉이라는 영화에 나오는 노래 'Lost Stars'의 가사를 보면 이런 가사가 나와요. '왜 젊음은 젊은이들에게 주기에 아까운가요?'라는. 아마 추측하건대 젊음은 그토록 찬란하고 아름다운 건데, 젊은이들은 너무 한심하고 못나서 그것의 가치를 모르기 때문이라는 것 같아요.

왜 내 젊음은 당신이었나요.
난 그 뻔하디 뻔한 젊은이 중 하나에 불과했고.

만남은 지겹고 이별은 지쳤다

초　판 1쇄 발행 2020년 6월 23일
개정판 1쇄 발행 2021년 11월 15일
개정판 3쇄 발행 2022년 9월 30일

지은이　색과 체
펴낸이　떠오름

기획　손힘찬
편집　권희중, 권기우
디자인　김윤남디자인
마케팅　고경표, 정탁, 이민지, 김하나
영업관리　박가람

펴낸곳　**주식회사 떠오름**
출판등록　2020년 4월 28일 제2021-000002호
주소　서울특별시 서초구 강남대로 479, 비1층 122호
전화　070-4036-4586
팩스　02-6305-4923
이메일　tteoreum9@nate.com

ISBN　979-11-976467-0-6 03800